誰が袖《たがそで》
「好きだ」

彼の甘い香りを嗅ぎながら、ゆっくりと顔を寄せる。

「好きなんだ」

（本文P.85より）

カバー・口絵・本文イラスト■中村春菊

AQUA NOVELS

誰《た》が袖《そで》

火崎《ひざき》 勇《ゆう》

誰が袖

Contents

誰《た》が袖《そで》 〜緑陰の庭〜

香りというものは、確かに『ある』と感じるものなのに、それを説明することも、ほらこれだよと言って差し出すこともできない。

それはまるで幽霊《ゆうれい》のよう。

気配は確かにあるのに、それを感じることができない人間には何とも説明しようがなく、確かにそこにあったのだと証明すらできないところが。


俺が彼と一緒にいると、誰もが口を揃えて変わった組み合わせだと言った。

それほど俺『帯刀壮《たてわきそう》』と、彼『三條初音《さんじょうはつね》』は違うタイプの人間だったのだ。

俺は普通のサラリーマンの家に育ち、体躯壮健明朗快活《たいくそうけんめいろうかいかつ》。頭もさして悪い方ではないが主にスポーツで名を馳せるタイプの人間。

初音は香道《こうどう》の大家《たいか》の次男で、女と間違える者も多くいる顔立ちの整った頭のよい物静かな細身の男。

共通の趣味さえもない。俺達が知り合ったのは、何のことはない。単に家が近いから同じ地区の中学へ入り、同じクラスになったというだけのものだ。

けれどその中学で、俺は彼の特異なことを知ってしまった。

初音は幼い頃から病気がちということでよく学校を休んでいた。いつも人の輪から離れたところに座っている美しい横顔を見ていると、確かに病弱そうに見えるのだが、本当はそうではないことを、今は知っている。

彼は、人の気に当てられるのだ。

人込みや、騒がしいところへ出ると、周囲の人間の気に押しやられて具合を悪くしてしまうのだ。彼自身も、そのことを何と言い表してよいのかはわからないらしいが、『人酔いの悪酔いだ』とよく言っていた。

木登りだろうが駆けっこだろうがソツなくこなす初音が、人の群れの中でだけ病弱になるなんておかしいことだと、最初は彼の言い分をサボリの言い訳としか思っていなかった。だが、無理を押して出かけた中二の時の修学旅行で彼が倒れた時、自分にはわからないがそういうこともあるのだろうと思うようになった。

観光地の人込みで真っ青になって吐き戻し、額にいっぱいの汗を浮かべて倒れた初音の姿は、仮病なんて言葉があてはまるような、なま優しいものではなかったから。

迎えに来た兄にしがみつき、悔しいと一言漏らす彼の姿を見て、彼と友人になりたいと思ったのは俺の方だった。

何かがしたくて、できなかったことに本気で悔しいと思う人間。望むことが大切なことだと知っている者。

俺はそういう前向きなヤツが好きだったから。

あまり何も考えてなくて、単純明快な俺の『気』ってヤツが初音には丁度《ちょうど》よかったのか、近づいた俺を遠ざけることもせず、時間の経過と共に俺達は親しくなり、高校も大学も同じところへ進み、今では立派な親友になっていた。

多分…。


柘植《つげ》の植え込みの一番端にはちゃんとした冠木門《かぶきもん》の玄関があるのだが、俺はいつも駅から歩いて来ると近い方にある木戸からその家に入った。

駅から離れた不便な場所だからなのか、余裕を感じる広い庭。手入れが必要なほどの造りではないが、四季を感じさせるものが植えられている。

庭に合っていると言えば合っているのだが、建物の方は年期もので、木造平屋の古いものだ。

三條初音はこの家に一人で住んでいた。

「初音」

家人の名前を呼び、勝手知ったる何とやらで庭先を横切る。

声は聞こえてるはずなのに、初音は縁側で何かを磨いていた。着物の足を投げ出し、障子《しょうじ》にもたれかかるようにして背中を丸めている。

ここへ来る度にいつも思うのだが、まるでこの家の中だけ『現代』ではないようだ。

「初音、プリン買って来たぞ」

彼は『プリン』という言葉に反応してやっと顔を上げた。

「どこの？」

細く、男にしては少し高い声。

「モロゾフ、何だか新しいのが出てて美味《うま》そうだったから」

向けた顔も細面《ほそおもて》で少し女性的だ。大学の在学中から伸ばし始めた胸まである髪もそれを助長している。

「玄関から回れ、そしたら茶くらい入れてやる」

とはいえ、既に十年もので見慣れた自分には特筆すべき容姿でもない。

「玄関まで回るの面倒くせぇよ。いいじゃん、こっからで」

「夕方から雨だって言ってたぞ。靴が濡れてもいいならどうぞ」

「ちぇっ」

「あ、そいつは先に貰おう」

くるりと踵を返そうとした俺の手からプリンだけを取り上げ、にこりと笑って奥へ消えてしまう。勝手な性格にも思えるが、その裏側にある気持ちを知っているから文句は言わない。つまり、プリンだけは引き取ってやるという気持ちが半分と、荷物を受け取って手ぶらにさせてやるという気持ちが半分だ。

初音は使う言葉の数が少ない。…と思う。

俺は大体が大きな声で腹蔵《ふくぞう》なく喋る方なのだが、彼は頭の中で色々と考え、その中で必要と思われることしか口にしない

それは、余計なことを喋って相手の機嫌を損ね、相手から自分を『悪酔い』させる気を出させないためらしい。無視される方がまだマシ、ということなのだろう。

建物沿いにぐるりと回って、今時珍しい引き戸の玄関から家に入る。

黒い石（何トカという名前を以前に説明されたが忘れた）の敷き詰められた広い玄関の、丈の短い沓脱ぎに似合わない俺のスニーカーを脱ぎ捨てる。

こいつの家以外なら、おじゃましますの一言も言うのだが、ここではその必要もない。

磨かれたような廊下は靴下で歩くと滑りそうなほど。だが掃除をしているのは彼ではない。通いでやって来る家政婦がしていることだ。

「何磨いてたんだ？」

さっきまで彼が縁側にいた座敷に入り、部屋の隅から座布団を出してどっかりと腰を下ろす。

「時香盤《じこうばん》。兄貴から貰ったんだ」

声は遠く、廊下の向こうの台所から響いて来た。

「じ…。何だって？」

「時香盤、香の道具だ。まだ火は入ってないから見ててもいいぞ」

と言われても何だかわからない。わからないが、好奇心旺盛な俺は、もそもそとそいつを見に縁側へにじり寄る。小引きだしの箪笥《たんす》の上に灰が敷いてある火鉢が組み込んであるようなもの。これは何かな、タバコ盆みたいなもんなのかな。

さすがに灰が入っているから引っ繰り返しはしないが、あちこちいじくっている間に初音が戻って来た。

「こりゃあれか、タバコ盆みたいなもんか」

「まあそうだな。ただ上のところで香を焚《た》くんだ」

「香炉《こうろ》の乗った箪笥ってことだな」

「それが時計になってる。よく見ると灰のところに線が残ってるだろう。そこへお香を置いて、燃えた量で時間を見るのさ」

「蚊取り線香《せんこう》だな」

「お香だ」

香と蚊取り線香を一緒にするなという強い修正を聞いて、俺はお茶の方へ戻った。

テーブルの上には買って来たプリンとお茶の他に薄桃色の饅頭《まんじゅう》が乗っている。

「客か」

自分で買いに出たものではないと思ったのでそう聞く。

「ああ」

ちらりとこちらを見た初音は軽く頷いた。

「今日は何？」

「亡くなったご主人の思い出さ」

俺は大学を卒業して、フリーのライターをしている。と言えば聞こえはいいが、まあフリーの使いっ走りだ。

だが、人の集まるところに出られない初音は特殊な仕事をしていた。

彼の家は香道の大家なのだが、その家督《かとく》はお兄さんの柴舟《しばふね》さんが継いでいる。

初音の鼻はその兄をも凌ぐほどらしいのだが、人嫌いの男に弟子やら生徒が持てるはずもなく、そういう連中が出入りする実家にも居づらくなって、彼のひい祖父さんの愛人が住んでたこの家へ移って来たのだ。

ここで彼は、今風に言うならアロマテラピーみたいなことをしていた。平たく言えば香りを使った人生相談だ。

人の話を聞き、それに合う香りを調香し、客に一時《いっとき》の追憶《ついおく》を与えるのだそうだ。

誰しもこの匂いを嗅ぐとあの頃を思い出すという匂いの一つや二つはあるもので、例えば新しい革の匂いで孫娘のランドセルを思い出す、なんて婆さん達の相手をするのだ。

その孫娘が小さいうちに亡くなっていたりする者が、初音の元を訪れ、似たような香りの中に孫娘の影を見て帰ってゆく。

それで彼はいくばくかの金銭を稼いでいた。

「匂いを嗅ぐだけで何でも思い出せるんなら物忘れしなくて楽だろうな」

「そういう問題じゃないだろう」

「でもそういうことだろ。何か魔法がかかってるワケでもあるまいし。俺なんかはうなぎ屋の前を通ると空腹なのを思い出すくらいだ」

「デリカシーの無い人間はそんなもんだろ」

「デリカシーくらいあるぞ」

「そんなに日に焼けて筋肉隆々《りゅうりゅう》な人間が？　そういう体格の男はたいてい繊細より豪放を選ぶもんだ」

「そりゃスポーツマンに対する暴言だ」

店が付けてくれたプラチックの味気ないスプーンではなく、銀色のスプーンをひらりと口元へ運ぶと彼はふむ、と頷いた。

「そりゃそうだ。体格のいい人間がみんなお前みたいとは限らないものな」

「…初音」

「じゃあ壮は自分が繊細華麗な人間だと言うのか？」

悪戯《いたずら》っぽくにやりと笑われると否定はできない。

「そうは言わないが、俺だって少しは情緒ってもんがあるんだぞ」

「例えば？」

「昨日取材で骨董《こっとう》品屋へ行って矢立《やた》てを買って来た」

『矢立て』というのは昔の筆箱のことで、よくテレビの時代劇で岡っ引きや商人が腰に下げてるヤツだ。そういうものにあまり興味はなかったのだが、つい大枚《たいまい》はたいて買ってしまった。

「矢立てなんてよく知ってるな」

「伊達にお前のところへ出入りしてるんじゃないんだぞ。それくらいはわかってるさ。俺も物書きの端くれだしな」

とは言え、その知識は受け売りで、実物を見たのもその店屋でが初めてなのだが。

「どうせワープロしか使わないいんだから、そんなもの買ったって使わないだろ」

「使うよ」

「何時《いつ》？　原稿書く時か？」

「…葬式とか結婚式の署名だろ、展覧会の時だって署名するし」

「つまり、何かあったら使うけど、いつもは宝の持ち腐れ、と」

「うるさいな。もういい、お前にはもう見せてやらない」

「そんなこと言うなよ。いいものなら見せてくれ」

「ダメだ。もう見せてやらない」

むくれて彼から目を逸らし、庭へ目をやる。

その時、俺はそこに一つの影があるのに気が付いた。

プリンを食べる手を止めてじっと目を凝らしてみると、それは人影だった。

「おい、初音。客だ」

この家に似合う着物を着て髪を短く切り揃えた書生みたいな男が立っている。

「随分時代がかったお客だな」

声が届かない距離だと思ってそう囁くと、初音はそちらへ目をやり、眉をひそめて立ち上がった。

「見るな」

そのまま開け放して風を入れていた障子をパチンと閉めてしまう。

「おいおい、いいのか？」

「確かに、壮も少しはデリケートな部分があるって証拠だな。あれは客じゃない」

「客じゃない？　勝手に庭へ入って来てるのか。それじゃ俺が一発…」

立ち上がろうとしたところを押し止められる。

「いいんだ。かかわるな」

「何だよ。やっぱり知り合いなのか？」

「知り合いなんかじゃない」

「なら…」

彼は俺の顔を見てタメ息をついた。

それから、答えを言うべきか否かを逡巡《しゅんじゅん》し、口を開く。

「幽霊だよ」

「は？」

「多分な」

幽霊？ 曇っているとはいえこの真っ昼間に？ 俺はもう一度よく見ようとして腰を上げた。だが初音は障子と俺の間に割って入り、それを止める。

「お前がそういうものを受け付けない体質だってのはわかってるが、あんまりいいもんじゃない。近づくな」

「『お前は』ってことは、初音は今までも見たことがあるのか？」

彼はちょっと口をへの字に曲げた。

「何度かは」

「へえ、凄いな。何で教えないんだよ」

「そんなの人に言うもんじゃないだろう。ただでさえ『人の気に当てられる』なんて言ってる人間が、この上『幽霊見ます』なんて言い出したらどんな目で見られるか」

「何で。そういう人間だからこそ、『見た』って言葉に信憑性があるんじゃないか。いいよな、俺も一度見てみたいと思ってんだ」

何故か初音は顔を背け、『お前らしいセリフ』だと呟いた。

「俺だって、見ることは見るけれど、どっかの呪い師みたいにお祓《はら》いができるわけじゃないんだから、君子《くんし》危うきに近寄らずだ。悪いもんだっているんだぞ」

「それなら大変じゃないか」

「何が」

「何って、そのいいんだか悪いんだかわかんないもんが庭先にいるんだぞ。おい、塩持って来い」

「壮」

生きてる人間だけでも辛そうにしているってのに、この上死んだ者にまでこいつを苛めてもらっては困る。

止める彼の手を払って俺は障子を開けた。

夏草が前屈みに生い茂る庭。

確かに、その萩の後ろっかわに立っていたと思うのだが、青年の幽霊は既に姿を消していた。

「よせって」

と言って彼が俺の肩を掴んだ時には、既に庭にいるのは彼が餌付けをした野良猫だけだった。

「消えたよ」

「じゃあ『通り幽霊』だったんだろ」

「何だ、それ」

「通り過ぎてくだけのものさ。ここは古い家だが今までは幽霊なんぞ見たこともない。それにそこに猫がいるだろ、だからさしておっかないものでもなかったのさ」

「そんなもんかね」

「そんなもんだよ。それより、飯食ってくんだろ。買い物にでも行こう」

シャツの裾を引かれて離れるように促されたから、未練はあったのだが渋々とその場を離れる。

「雨が降る前に行きたいんだ」

どんよりとした灰色の空のように、どこか不安で、どこか重苦しい影だった。

この時、その幽霊が自分にとってとても大きな意味を持つものだと、俺はまだ気づいていなかった。

ただ珍しいものを見たとしか思っていなかったのだ。

何も知らずに…。


フリーのライターというのは世間が思っているほど優雅な商売ではない。

出入りの出版社へ顔を出し、今回は仕事はないかと、御用聞きのように聞いて回るのが日常。

仕事がなければぶらぶらと遊ぶだけだし、仕事があったらあったで、納期は作家みたいに都合を考えてたっぷりととってもらえるもんじゃない。

大体は三日だ一週間だと、その仕事をするにはとてもじゃないがギリギリの時間しかもらえないものなのだ。

土曜日に初音の家を訪ねた俺は、週末をだらだらと過ごし、月曜の朝一番にいつも行っている月刊誌の編集部を訪れた。もちろん、仕事をもらうためだ。

「ちわっ、土井《どい》さんいます?」

挨拶すると、奥のデスクから眼鏡をかけた中年の男性が立ち上がる。それがこの男性向け正統派情報誌『EYE《アイ》』の副編集長だ。

「おう、来たか」

嬉しそうな顔で迎えてくれるということは何か仕事がある証拠。

「仕事ありますか？」

と聞くと彼は大きく頷いてみせた。

「あるある。帯刀向きのが」

「よく言うな、どんなのが俺向きなんですか」

「締め切りがキツイやつさ。お前さんは守ってくれるからな」

「正直者がバカを見るじゃ、嫌ですよ」

彼は声を出して笑った。だが否定はしない。

「夏だからな、幽霊の特集やるんだよ。それで日暮里《にっぽり》の寺へ行ってくれないか？」

「幽霊？」

何ともタイムリーな気がして、俺は顔をしかめた。

「ああ、そこに有名な幽霊の掛け軸があるんだよ。そいつの写真を手配して、2ページ分の原稿を頼みたいんだ。専門家ってワケじゃないが、ちょうどその手の記事を扱ってる学習誌のヤツがそっちへ行くっていうから一緒に行くといい」

「はあ」

まだ時間が早いから空席の目立つ編集部、彼は入り口近くの応接セットへ座るようにと俺を促した。

「ちょっと待ってな。今呼ぶから」

安手のビニール張りのソファに座り、彼が内線で人を呼ぶのを待つ。もちろん俺ごときにお茶が出るはずもないからポケットから取り出したタバコで口寂しさを紛らわせた。

ほどなく、自分と大差ない年頃のひょろりとした男が現れる。

「どうも、鹿島《かしま》です」

「あ、どうも、帯刀《たてわき》です」

軽く頭を下げて挨拶を交わす。土井さんはそれを見ると、後はお前達で話せと言ってさっさと自分の席へ戻ってしまった。

鹿島と名乗った男は、子供向けの学習誌の編集らしいが、こちらも夏ということで幽霊の特集を組むことになってるらしい。別々に出かけるくらいならいっそ一緒に出してしまえということなんだろう。

「写真は俺が撮るつもりなんですけど、もし撮影許可が下りなかったら、どっかから借りてきますよ」

「許可、下りないなんてことあるんですか?」

「ええ、ああいうのって門外不出のが多いんですよね。そこのもお盆以外は公開しないそうですし。…帯刀さんは幽霊詳しいですか？」

まさか先日見ましたとも言えず、俺はそらっとぼけた。

「全然です。霊感もない方ですし」

「俺もあんまり。でも気持ちのいいもんじゃないですよね」

「はあ」

「去年は四谷《よつや》怪談の特集だったんですけど、さすがにおっかなくなって後でみんなでお祓い行っちゃいましたよ。だから今回はもし嫌じゃなかったら、先にどっかにお参りしてから行きませんか」

神経質そうな眼差しで、彼はこっちを見た。誘いの言葉だが、言外に行って下さいとお願いされてるのはわかる。

「そりゃ別にいいですよ。いっそそこから取材にしてもいいですし。あの…」

「はい？」

「幽霊って、やっぱりおっかないもんですか？」

我ながら変な質問だ。だが他に聞きようがないから仕方がない。

けれど鹿島はバカにした様子もなく答えてくれた。

「どうなのかなぁ。外国なんかじゃプラズマだとか、残像現象だって言いますけどね」

「残像現象？」

「ええ、写真みたいにその場所に意識がプリントされちゃうって言うんです。それがもう少し進むと残像思念って言いますね。でもどっちにしろ、『怖い』って思うものはありますよ」

「それ、消す方法とかないんですかね」

「幽霊をですか？　まあやっぱりお祓いしかないんじゃないですか？」

お祓いか…。

「そういうのの方法ってわかります？　どこの神社が効くとか」

「そちらでそういう記事も書くんですか？　古いのでよければウチが特集したのがあると思うからそれあげますよ。子供ってのは怖いもんが好きでね、毎年似たような特集やってますから」

「お願いします」

初音は気にすることなどないと言ったのに、自分は幽霊なぞ信じないタチなのに。不思議とあの時の影は印象に残って忘れ難い。

幽霊という響きが『死』を連想させてしまうからだろうか。

「幽霊、見たんですか？」

図星な質問にちょっと慌てる。

「いや、その…ダチが何かそれっぽいの見たとかで怖がっちゃって」

初音が怖がるタマでもないし、実際怖がってもいなかったのに、俺は存在を拝借した。だって自分も怖がってるわけじゃなかったし、『俺が』というより説得力がありそうだったからだ。

きっと聞いてたら怒るであろう初音に、心の中でスマンと手を合わせながら。

「それって、やっぱり『庭先にしょんぼらと立っている』ってヤツですか?」

「『しょんぼら』? 何ですそれ」

「幽霊特有の形容詞ですよ」

「いや、すぐに障子閉められたんでしょんぼらだったかどうかは…わからないって言ってました」

危ない、危ない。

膝を乗り出してきたところから見て、俺が当事者だとわかったら『是非そこを見せてください』くらい言われそうじゃないか。こんなに気の強そうなヤツ、初音のとこへなんぞ連れて行けるか。

「庭先幽霊ってのは親しい人とかが多いそうですよ」

「あの…『通り幽霊』って知ってます? それじゃないかってダチが言うんですが」

「ああ、知ってますよ。浮遊霊でしょ。霊魂だけがふらふら彷徨《さまよ》ってるんです。ま、幽霊の通行人ですね。幽霊ってのは蝶みたいに通る道が決まってるみたいですし」

「蝶って通る道が決まってるんですか?」

「ええ、何か匂いを残しておくみたいですよ、いつも通る道に」

匂い…。

「帯刀さん、すいませんが土井さんが睨んでるんでそろそろ出ませんか。この先は寺へ行く途中にでも」

言われて目を向けると、確かに土井さんが早く仕事行けよという目でこっちをじろりと睨んでる。ヤバイ、ヤバイ。

「今すぐですか?」

「ええ、編集部行ってカメラ取って来ますから駐車場で待ってて下さい」

鹿島は先に立ち上がり、部署が違うというのに年功序列なんだろう、土井さんに会釈《えしゃく》してから出て行った。

俺も長居は無用とばかりに腰を上げる。別れの言葉はなかったが、ひらひらと手が振られるのは見えた。

「幽霊か…」

自分の世界にはなかったものが現れて、胸が騒ぐ。

初音以外の場所に現れたのなら、笑って済ませただろうが、彼の家というところが妙に気になった。彼が幽霊に取り込まれるような、そんな気がして。

「ま、幽霊の通行人なら大丈夫だろうけれどな」

まずは仕事だ。

そして俺は、まず一般大衆が認める幽霊の方へ足を向けることにした。


有名だという幽霊の掛け軸は、確かに怖かった。

だが俺の興味は別。

取材中鹿島に色々と聞き、お借りした子供向けの『幽霊の秘密』だの『世界の怖い話』だので、俺は何となく幽霊の知識を得た。

体系的な学問じゃないから、そこに書いてあるのが正しいものなのかどうかはわからないが、どうやら目がある幽霊は悪いとか、縁者や関係者が出てくる場合だの、土地で出て来るもんだのと、色々種類があることもわかった。

怖がりの鹿島のお陰で、件《くだん》の寺へ行く前に他の寺で幽霊退治によく効くというお札も貰い、翌日さっそくそのお札をあいつの家に置きに行くために、俺は平日なのに珍しく初音の家を訪れることにした。

私鉄の駅から十五分以上歩いた場所にある彼の家の周囲は、結構デカイ家ばかりの閑静な住宅地だ。

のんびりと歩いているとこんなに大騒ぎしてる自分が何だかばからしくなってしまう。道端を駆けてゆく子供や、鼻歌を歌うチャリのおっさんや、様々な『現実』の人々。その中で何を非現実的なことで盛り上がってんだか。

最後の辻を曲がり、彼の家が見えた途端、俺は足を止めた。

黒塗りの車が玄関先にでん、と停まっている。車の中には人待ち顔の運転手が本を読んでるのが見えた。

「…客か」

初音の香で過去を取り戻そうとしてる人間が来ているのだ。

「仕方ねぇな、ちょっと待つか」

どうせ実家から紹介された金持ちの婆さんだろう。初音は勝手に上がって別の部屋にいればいいと言ったが、自分がどう見えるかわかってる俺としてはそれもできない。

「そりゃ、初音は物語の中に生きてるみたいな、奇麗な顔、長い髪、白い手足だぞ。だが俺を見ろ、男前だが日に焼けて顔は黒いし、剥き出しの腕は筋肉隆々。婆さん達が首を上に向けなきゃ顔も見えないほどデカくて、年がら年中貧乏くさいTシャツジーパンだ。そんな者がいきなり現れたらお前の『香』の魔法も解けちまうよ」

そう言って、そういう席からは遠慮させてもらうことに決めたのだ。

と言っても、この辺りに時間を潰せる喫茶店の一つもあるわけじゃない。ポケットからタバコを取り出し、一本吸う間に客の出てくる気配がなければ、一旦駅まで戻るかと思っていた。

通りの真ん中で立ちんぼもないから、いつも通り木戸を開けて中に入り、その裏側でタバコをくわえる。

障子はぴったりと閉ざされ、中は見えない。

どうやって客に対応してるのか、見てみたい気もするがそんな失礼なことはできない。

いつか、自分が思い出したいものがあったら頼んでみるか、ロハで。

そんなことを考えながら深く息を吸った俺は、そのまま呼吸を止めた。


——いる。


この間と同じ場所。

縁側近くの萩の一群れのこちら側に、書生風の男が立っている。

薄ぼんやりとしたその姿は、確かに『しょんぼら』という形容詞が当てはまりそうな風《ふ》情《ぜい》だ。

不思議と、怖いという感覚はなかった。

そんなことより、通り幽霊と言ったのにもう一度現れるなんて。本当にまるで蝶のように匂いに魅かれて現れたんだろうか。

こいつが初音に害をなす者なのかどうか、見極めなければ。

物音を立てないように、そっと木戸に背をもたせかけて幽霊を上から下までじっと見つめる。

透き通った人影は、おとなしく障子を見ていた。この庭に似合っている姿はまるで一枚の絵のように思える。

背中を向けられてるから目は見えないが、この霊感乏しい俺が見ても取り殺すとか、恨みがあるとは思えない。

着ているものも俺にはよくわからないが、安いものではないと思う。袴なんぞはキチッと折り目がついてるし、上もよれよれというようには見えない。通説どおり、足元はぼんやりとして判別がつかなかった。

貧乏ではない書生といった感じか。

初音はこいつを知らないと言った。それを信じるまでもなく、このいで立ちなら現代の人間じゃないだろう。

書生ってのは何時代までいたんだっけ？　昭和初期？　大正《たいしょう》？　明治《めいじ》？

時代考証ができそうな物は持ってないな。

髪は短く顔はよく見えないが、こっちから見える頬から顎にかけてのラインは醜男《ぶおとこ》のものには見えない。

くわえていたタバコをそうっと唇から外し、灰をはたく。

それが空気を揺らしたのか、男はふいに振り向いた。

整った顔。

だが冷たい顔。

男は確かに俺を見て、にやりと笑う。

その瞬間、背筋を冷たいものが走った。

「お…」

お前、と言おうとした時、玄関が開く軽やかな音が聞こえた。

「ありがとうございました。本当にいい思いをさせていただいて」

年配の婦人の声。客が帰る。

目の前の男はゆっくりと声のした方へ顔を向け、もう一度俺を見、嘲笑するような表情を浮かべてからすうっと消えた。

「…無害じゃねぇ…」

恨みがあるようには見えなかった。

だがあれは『いいもん』じゃない。それだけは言える。

幽霊はこの世に執着があるから化けて出るのだと、鹿島に借りた子供向けの本に書いてあった。

今の男の執着が何なのかはわからないが、それがいいものではないことはわかった。そして、それが初音に向けられ始めているのも。

「壮、来てたのか」

縁側の障子を開けた初音がこっちを見て声をかける。

風が吹き抜け、部屋に籠もっていた香りを庭へ放つ。

「さっさと入って来いよ。もう誰もいないから」

何も知らず、彼は笑う。

だが俺は幽霊の毒気に当てられてすぐには動けなかった。

「ああ」

と返事はしたものの、足が固まっていた。

「タバコ吸ってから入るよ。その家は禁煙だろ」

「当たり前だ。吸い殻の始末もちゃんとして来いよ」

これは、何とかしなくては。

幽霊とか除霊とかの知識なんぞこれっぽっちもないが、とにかくあの冷たい男から初音を守らなくては。

興味や不安なんてものではなく、もっと切実な思いで、俺はそう思った。

あれは、確かに『あやかし』なのだから。


と言ったって、何ができるわけではない。

とりあえず俺は買って来た札を土産だとか何とか適当な理由を付けて、初音に押し付けた。

こんな物が土産かと憎まれ口を叩きはしたが、彼は一応受け取って茶箪笥の上へそれを置いた。

にわか知識によると、やっぱり一番手軽な清めは塩だろう。

初音に怪しまれないように台所から塩を持って来て庭先へ撒《ま》いたりもした。

後できることは強い意志だっけ?

だがそれをどうこいつに言えばいい。

「いいか、初音。気をしっかり持つんだぞ」

なんて突然言い出したらバカにされるか怒られるのが関の山だろう。

強い意志なら、俺の方がある。

だから俺は嘘をこねくり回して言い訳を作り上げた。

「なあ、初音。俺、明日っから毎日ここ来ていいか？」

初音は意外そうな顔をした。学生時代ならまだしも、勤めに出てからは毎日会うなんてことはなかったのだから当然だろう。

かえって向こうがこちらに心配そうな顔を向ける。

「何かあったのか？」

「うーん、まあ」

「仕事か？」

「そんなとこだ」

嘘をつくのは辛い。

こいつの繊細さを知っているから、なるべくそんなことはないように付き合ってきた。敏感な初音には、嘘をつく俺の脅えや後ろめたさが悪いものとなって伝わってしまうんじゃないかと思っていたのだ。

彼が強いことは知っている。誰よりも前向きで、凛としているのもわかっている。

だが、体質はそれとは別だ。

だから正直に、大切に、関係を続けてきていた。

けれど今回はその決意も一旦棚上げだ。

「ここんとこ仕事がなくて、自分のアパートにごろごろしてても息が詰まるからさ」

「いいけど、電話とかどうするんだ?」

「今時は携帯があるから大丈夫。もしお前が嫌でなければ、なんだが」

「『お前』なら別にいいよ。泊まってくんなら一部屋空けてやろうか?」

「いや、いい。日中だけにするよ」

仕事が無いというのが嘘だから、夜には戻って仕事をしなくちゃならない。

「でも、お前がいるのは嬉しいな」

「そうか?」

「人込みは苦手だが、一人でいるのが好きだってワケじゃないからな」

言ってからふいっと横を向く。

照れてるんだろうか。

「何だ、そんならもっと早く言ってくれよ。ここでタダ飯が食えるんなら貧乏ライターにとっちゃありがたいことなんだぜ」

「うちはメシ屋じゃない。…それに、俺が来て欲しいと言えばお前は来るだろう」

「そりゃ来るさ」

「だから嫌なんだ」

「どうして?」

初音は視線を逸らせたままさっき帰った客の手土産らしい新しい菓子を取り出した。

「お前は俺のことを知ってるから、気を遣って自分の予定を変えるだろう。俺は自分が普通じゃないのを知ってる。壮とは長く付き合いたいと思ってるから、そのことでお前の負担になるのが嫌なんだよ」

端正な彼の顔に少し朱が差したように見えて、俺は笑った。

「そんなこと。俺はさんざんお前にも他の連中にもデリカシーのない男って呼ばれてるんだぜ。負担になるほど気なんか遣わないよ」

「わからないだろ」

「だってもう十年も一緒にいるんだぞ。負担に思うんならとっくに付き合いなんか止めてるさ」

「…どうかな。壮は上に『バカ』が付くほどお人好《ひとよ》しだからな」

「何だと！」

普通に話をしていれば、こんなにも和やかな青年であるというのに、人込みに出ることが適わない初音。

もしもこんな体質でなかったら、きっと彼は自分と同じように外を飛び回り、真っ黒に日焼けしていただろう。

だが、満員電車に乗ることも、繁華街の人込みに紛れることもできない彼は、どこへも出かける先がない。

彼は自分が一緒にいることが負担になるのではないかと言ったけれど、そんなことは全然ないのだ。俺はいつも彼に尊敬の念さえ抱いていた。

この体質に対して、不平不満を漏らすのはいつも自分の不甲斐なさに対してだけ。両親や、まして居もしない神様なんかに恨みを連ねることなんかない。

もっと強くなりたい。そうすれば自分はもっと自由になれる。

そしてそんな自分を見て周囲の人達も笑顔を浮かべてくれるだろう。

けれどそれができないからこういうのが好きなのだというフリをしている。

そんな心を、俺は知っていたから。

彼の兄も見たことのない顔を自分だけは知っている。

周囲の人間に笑って欲しいと足掻《あが》く彼の努力を知っている。

何度かこいつに付き合わされて街を歩いたこともあった。学校でも、ギリギリまで我慢しては一人校舎の裏で真っ青になり、『大丈夫』と言いながら唇を噛む姿も見てきた。

だから俺はこいつの友人をやっているのだ。

彼が好きだから。

決して可哀想な者に同情しているワケではない。

「壮、こっち来いよ。また猫が来た」

もう二十歳を過ぎた男に使うには面《おも》はゆいが、『いじらしい』という言葉が彼には一番似合うだろう。

「名前付けてやれよ」

「付いてるぞ」

「何て？」

「黒いのが『クロ』で、キジトラのが『トラ』」

「…俺のこと色々言うけど、お前だってセンスないじゃん。何かカッコイイお香の名前とか付けろよ」

「やだよ、日常生活ってのは肩が凝らない方がいいんだ」

畳に手をついて、縁側へ身を乗り出す彼の背中を見て、俺はもう一度心を決めた。

こんなに頑張っている初音の自由をこれ以上奪おうとする者を許すことなどできない。

この上変なものに取り憑かれて彼から笑顔を取り上げるようなことはさせたくない。

「今日はクロが来てる」

「どれどれ」

初音はそうっと近づいて来て肩を並べ、庭先の木陰に丸まる小動物を見て笑った。

あの影が出ればこんな他愛のない優しい時間さえも奪われるかもしれない。

そんなことは絶対にさせたくない。

「随分デカイ猫だな」

これ以上、こいつを苦しめたくはない。壮みたいに健康そうで」

「でかい方がいいんじゃないか。あの太さは絶対不健康だ」

「いや、あの太さは絶対不健康だ」

「ああいう方のが抱き心地がいいんだ」

「野良なんだから抱けねぇよ」

この一時が幸せだと思う自分のためにも。


真っ暗な闇に、ぽつんと一つの明かりが灯った。

まるでタバコの火だ、と俺は思った。

電灯の白い、目映い光と違う。

暗闇に焼き付けるような強い朱の色。夕焼けのような、どこか禍々しい感じさえする光の色。

それが行灯《あんどん》の光だと気づくのに、少し時間がかかった。

実際にロウソクや油を入れて灯っている行灯なぞ見たことがないのだから当然だろう。

それは、蚊帳《かや》の側にポツリと置かれた四角い行灯で、障子紙の張ってある木枠はトンボの形に刳り貫かれた洒落《しゃれ》たものだった。

初音が好きそうな物だ。漠然とそう思ったのは、あいつの家の古臭さを思い浮かべたからだった。

実際の初音の家には電気が通っているし、彼の枕元には俺がパチンコで取って来た丸いベッドランプが置かれているのを知っている。

けれど蚊帳と行灯という方が彼には似合うような気がした。

目が慣れて来ると、そこが畳の部屋だということがわかった。

雨戸が閉まっているせいだろう、雪見になっている障子の向こうも闇で、ガラスは行灯の光をぼんやり反射するばかり。他に何も映してはいない。

衣擦《きぬず》れの音がして、誰かが近づいて来る。

こんなにも静かだと、歩くだけで服の立てる音が聞こえるのかと関心していると、足音の主はすり足で畳の縁を越え、行灯の隣に座した。

——あの男だ。

胸が騒ぐ。

ここはどこだろう。

行灯なんぞがあるのだから初音の部屋ではない。ましてやこ汚い自分のアパートの部屋でもない、見知らぬ部屋だ。

つまりこれは現実ではない。

そう思うと幾らか心が楽になった。

これは…、夢なんだ。

男の顔は庭先で見た時よりも人間らしい顔つきをしていた。してみると、これは彼が生きている時のことを想像しての夢だ。

「寝てるか…」

細い声が蚊帳の中の人物に声を掛けた。

返事の代わりに中からは身じろぐ音がする。蚊帳は高そうな秋草の絵が織り込まれた瀟《しょう》洒《しゃ》なものだ。中にいるのは女だろうか。

「起きてるのか」

男がもう一度声を掛ける。蚊帳の中の人物は返事をしたようだが、自分にはよく聞こえなかった。

「聞いて欲しいことがある」

男は神妙な面持ちで、言葉を紡ぐ。

指を揃えた両の手を膝の上に置き、正座をして一点を見つめたまま、後を続けた。

「ずっと、お前のことは大切な友人だと思っていた」

穏やかな声だ。

あの時の、ゾクリとする笑みからは想像も付かない、落ち着いた声。

「春も、夏も、秋も冬も、お前がいいようにと思ってずっと過ごして来ていた。だが、それが辛いと思うようになったのだ」

蚊帳の中の人物が寝具の中から起き上がり、影が映る。

相手もまた布団の上に正座をしていた。

薄い蚊帳を隔てた彼らは、男の言葉を借りると幼なじみということか。

「私は明日には実家へ戻る。そうなればようようこちらへ来ることは適わないだろう。その前にどうしても、お前に言っておきたいことがあるのだ」

そう言うと、彼はおもむろに立ち上がり蚊帳をめくった。

『あっ』と言う小さな驚きが中から漏れる。

そんな、女の寝所に押し入るなんて。そいつはマズイだろうと思っていると、案外中の女は落ち着いているふうだった。

突然の行動に驚きはしたものの、彼をたたき出したり家人を呼ぶ気はないらしい。

「いつかは、お前も良い相手を娶《めと》って家を築くだろう。私ではその相手にはなれない。子を成すことができない。だがお前を思う気持ちはこれからお前に現れる女達よりも強いものなのだ。だからどうか逃げずに私の思いを遂げさせて欲しい」

…は？

俺は我が耳を疑った。

今のセリフはおかしくないか？　これから相手に現れるのは、女達ではなく男達だろう。その相手は『娶る』のではなく『迎える』と言うのではないのか？　子を成すって…。

それとも、まさか…。

蚊帳の中で二人の人物の影が重なった。

さすがに今度は相手も抗っているのか蚊帳が揺れる。

風が起こり、行灯の炎が揺れる。

実体の無い、傍観者の俺は為《な》す術《すべ》もなくその取っ組み合いを見ているしかない。

これはあれか？　ホモの夜這《よば》いってことなのか？

いや、確かに日本では衆道ってのは確かに由緒正しきものではあるらしいが、それにしたって何て時代がかったホモなんだ。

「…お前の意志を問う気はない」

男の声ばかりが耳に届く。

「私の中にある業火がお前の中にもあるとは思えない。だからこれは夢と思っていい。私が思いを遂げるだけでいいのだ。ただ、もう私には『よき友人』の仮面を付けて微笑むことができなくなってしまった。勝手な欲望と罵られても構わない。ただもう私はこの辛さから逃れたいのだ」

勝手な言い分だ。

幾ら相手が男であっても、他人に蹂躙《じゅうりん》されることがよいことなわけがない。ましてや長く友人として過ごした日々があるのなら、相手にとっては痛手ひとしおだろう。

『止せ！』

と言ってやりたかった。

『止めろ』

と言って、蚊帳をめくって中に入り、男の腕をねじ上げて引きはがしてやりたかった。

だが夢の中ではそれもできない。

蚊帳は乱れ、裾からは中の布団がはみ出す。続いて薄物の夜着の裾をはだけさせた細く白い、それでも男のものだとわかる足がのぞく。

助けを求めるように虚空に向かって伸ばされた手が蚊帳を引き下ろし、どさっと重い音がして、まるで魚の網のように二人の上へ落ちた。

後はまるで暴れる獣のように黒い塊が蠢く。

中は見えないというのに、それは妙に淫らな動きだった。

何かの香だろうか、甘い匂いがする。

むせるようにふいに強くなる。

「や…」

小さな声。

「止めろ…」

一人が蚊帳から這い出るようにして行灯に手を伸ばした。

「…!」

明かりの中に現れたその顔は見知らぬ者ではない。

——初音!

声にならない声でその名を呼ぶ。だがもちろん相手には聞こえはしない。

蚊帳の中にいたのは初音にそっくりな、嫌、初音そのものだった。

俄《にわか》に男の意図が知れてカッと頭に血が上る。

どういう次第かはわからないが、あの男は初音に惚れてるのだ。もしかしたら過去に本当にこういうことがあって、その恋人と彼を重ねているのかも知れない。

取り殺すのでも、恨みを募らせるのでもない。もっと始末の悪いことに、あいつは初音に劣情を抱いているのだ。

明るい庭先で俺を見て笑った男の顔。

あれはこちらを挑発するようなものではなかったか? だからあれほどまでに感情を逆なでされたのではなかったか?

まるでゼリーの中を泳ぐようなみっちりとした圧迫感を感じながら、そこにはない自分の身体を動かす。

助けを求める初音の元へ行ってやらなくては。助けてやらなくては、と必死になる。

その俺の目の前で、初音は蚊帳から伸びる手に夜着を剥ぎ取られた。

襟足を掴まれ、ぐっと引き下ろされる。

染み一つない真っ白な背中に、行灯の明かりで肩甲骨《けんこうこつ》の影が落ちる。

そこへ逞しい男の手が滑る。

「…あ」

腕は腰に回り、腹ばいになった彼の後ろから前へ指を滑らせる。

そこで何をしているのかは、初音の苦しげに喘ぐ顔を見なくてもわかった。

「…よ…せ」

大きく開かれた足がほの赤く染まっている。

否応なく与えられる感覚から逃れようとして四肢が動く。

けれど蚊帳を纏った男はその黒い塊の中から二本の腕だけを伸ばし、彼の身体を貪る。

「…んんっ…」

乱れる黒髪が頬にかかる。

壮絶な色気が零れてより一層甘い香りが強くなる。

止めろ、と何百回も繰り返した。

触れられないとわかっていながら、何度も彼を蹂躙する腕に手を掛けた。

だがどうにもならない。

初音の顔が上気し、唇が震え、指が畳を掻く。

「…ああ…」

不謹慎なことに、その白い顔がこちらを振り向くようにした時、俺の胸の奥に小さな焔が灯った。

男がそれに気づいたように身体を動かす。

腰を押し付けるように前へ出て、身体にかかる邪魔な蚊帳に手を掛けて振り払う。

乱れた髪、ぎらぎらとした瞳。

飢えた雄の顔つき。

「好きなんだ」

勝手な言い草。

「愛してるんだ。だから側にいた、その気持ちをわかってくれ」

「い…や…」

着物の裾をめくり、初音の白い腰に自分を埋めようと力を尽くす。

『嘘…だ…』

その顔は既にあの男の顔ではなかった。

「嘘だ――――!」

信じ難いことに、目の前で初音に襲いかかっていた獣の顔は、この俺、帯刀壮《たてわき》だった…。


自分の叫び声で目を覚ましガバッと跳び起きる。

ぐっしょりとパジャマを濡らす寝汗。手の甲で拭うと湿った感触が残るほど。

「…ックショウ…」

蚊帳など、どこにもなかった。当然のことだが行灯もなく、カーテンを閉め忘れた窓からは街灯の明かりが差し込んでいる。

ここは俺のアパートの部屋だ。

雑然と本が積まれ、脱ぎ捨てた服が山になり、空気には染み込んだタバコの匂い。

甘い香《こう》の香りなどどこにも漂っていない現実の世界。

「あのヤロウ…」

自分が想像を巡らせて見た夢だとは思えなかった。

自分はあんなことを望んでなどいない。初音は大切な友人だ。彼を誰よりも好きだから、彼の意志を踏み躙《にじ》って身体を求めるなんて、絶対に考えたことなどない。

今のはあの幽霊が見せたものだ。

俺があいつを弾こうと動いたから、きっと攻撃を仕掛けて来たのだ。

漠然として正体も実体もないものだと思っていた存在に強い憎しみが湧く。

どこから流れ来たのかもわからないものに、自分と初音の関係を汚されたような気がする。あいつは自分の友人を、自分の心のままに襲ったのかも知れないが、俺はそんなことはしない。

それが初音に似ていたのか、それとも俺に見せつけるためにあの顔を初音のものとすり替えたのかはわからないが、見せられたビジョンは腹立たしいばかりだった。

あいつは、初音に欲望を抱いている。

何が害のない通り幽霊だ。

立派な妄執を持ってやがるじゃねぇか。しかも性欲という一番業の深い。

許さない。俺の初音を汚し、俺を貶めたヤツを。

「くそっ…！　待ってろ、どんなことしたってお前を浄仏させて初音から引き剥がしてやるからな！」

怒りが身体を熱くする。

仕事なぞどうでもいい。明日からはあの家に泊まりこんでやる。そして四六時中初音を見張って、あいつが手なぞ出せないようにしてやる。

気が付くと、手が震えるほど強く拳を握っていた。

それほどに、その夢は俺にとって苛立たしいものだったから…。


まず最初に、俺は初音の実家、三條の家を訪れた。

本当に幽霊があの家に憑いているものではないかどうかを確かめるために、由来を彼の兄貴、柴舟さんに聞きに行ったのだ。

初音との付き合いも長いし、彼の体質のことも知っている俺は年の離れた柴舟さんとも既に顔見知りになっている。

突然の来訪ではあるが嫌な顔はされないだろう。

今、彼が住んでいる家も都内の住宅事情から言えば贅沢なものなのだが、三條の実家はその何十倍も贅沢だった。

広い庭師の入った庭と、重要文化財になってもいいくらいの古く美しい家。

名を名乗って柴舟さんを呼び出すと、穏やかな顔をした若い当主はすぐに現れた。

「珍しいね、初音とケンカでもしたかい」

気を張らないようにと、数少ない洋室へ通し、椅子に座って向かい合う。

「いや、そうじゃないんです。ちょっとその…、仕事で古い家のこととか調べてたもんで、今あいつが住んでる家のことを聞きたいと思って」

まさかお宅の弟さんを狙うホモの幽霊が出たので家の由来を教えて下さいとも言えず、俺は嘘をついた。

…この件に関しては、俺は嘘をついてばかりだな。

「それはいいけど、あそこを記事にするのかい？」

「とんでもない、ただの興味です。あいつに聞いてもいいんですけど、変に気にするかと思って」

「そうだね。いいよ、私でわかることなら答えてあげよう」

青い着物をビシッと着こなした柴舟さんは眼鏡越しににっこりと笑った。

「あのですね、あそこは何時《いつ》建てたものなんですか？」

「明治の終わり頃かな。元々はうちのひい祖母《ばあ》さんだか、ひいひい祖母さんがお茶の水屋として建てたんじゃなかったかな」

「その後は」

「初音から聞いてるんだろう。妾宅《しょうたく》として使っていたんだよ。と言っても昔のことだからね、公然としたものだったみたいだけど」

「それって、両方とも女の人ですよね」

俺の意図を知らない柴舟さんはけらけらと初音に似た様子で笑った。

「もちろん。うちに衆道がいたとは聞いてないな」

「あ、はあ、すいません」

そう言い切られてしまうと頭を掻いてごまかすしかない。自分のような単純な男にはこの人の上品さはとりつくしまが無い感じなのだ。

「帯刀くんは、何か目的があって聞いてるんだろう？　問い返したりしないから正直に言ってごらん。何を疑問に思ってるんだかわからないけれど、それがうちの弟のためにならないことではなさそうだし」

「それは当然です」

「なら何でもいいよ、言ってごらん」

「はあ…」

それでも『幽霊』という言葉は出せないから、俺は更に嘘を重ねた。

「あのですね…。昔あの辺りに書生が住んでたとか通ってたってことがないかどうかを調べたいんです」

「書生？　それはまた古風な」

「はあ…」

柴舟さんは考えを巡らせるようにすっと天井を睨み、少し置いてから首を横に振った。

「ないと思うね。さっきも言った通りあそこは女性のために造られて、女しか住まなかった家だ。書生と言えば住み込みの弟子のようなものだろう。あそこは元々某《なにがし》という子爵の持ち土地で、馬を飼ってたような辺鄙《へんぴ》な場所だったんだ。馬丁《ばてい》ならわかるが書生というのはね」

「そうですか…」

ではやっぱりあれは通りすがりの幽霊なのだろうか。

「あそこで、そんな幽霊でも見たかい？」

「え！」

突然の言葉に素直な反応を返してしまう。しまったと思ったがもう遅かった。やっぱりね、という顔をし、柴舟さんは優しく微笑んだ。

「いや、幽霊っていうか…その…別に…」

「初音はそういうものを見るようだからね」

「柴舟さんも見たことあるんですか？」

「いや、残念ながら私はないな。あれが見たと言うなら本当にいるもんなんだろう。一度見てみたいと思うな」

俺は見ましたよ、とは言わなかった。

何故かあの夢のことが後ろめたくて、その話には触れたくなかったのだ。

「まあ気にしなくていいよ。浄化の香でもあげるから、それを焚くように言っておいてくれるかい」

「浄化…？　そんなのあるんですか？」

「お香っていうのは宗教とも密接な関係にあるからね。お寺さんで護摩焚《ごまた》きをしたり、お葬式の時に焼香したりするだろう」

「それもお香と関係があるんですか」

彼は俺の無知をばかにしたりせず『そうだよ』と優しく答えた。

「丁字《ちょうじ》ってあるだろう、スパイスで言うとグローブというんだったかな。あれなんかも口に含んで呼気を浄化するという作用があるんだよ」

「へぇ…」

丁字は知らないがグローブならウイスキーを飲む時に摘まむな。薬みたいな味だ。

「さて、問い返さないという約束だったね。それ以上は聞かないが、弟のことは宜しく頼むよ。今、調香して掛け香でも持って来よう」

「あ、はい」

「そういえば…、帯刀くんも少しは初音に感化されたのかな？　いい香りがするね」

言われて自分の腕を嗅いでみる。

「そうですか？　ここんとこあいつの所へよく顔を出してるから付いたのかな」

だが俺にわかる匂いではなさそうだ。何も嗅ぎわけることはできない。

柴舟さんからはそれ以上得るものもなく、部屋に掛けておくんだよという小さなお香の入った袋だけを貰って、俺はすごすごとそこを退散した。

次に訪れたのは近くの図書館で、幽霊だの除霊だのという、いささかうさん臭い本を山のように読破した。

真言が効くだの、方角がどうだのというものの中で、これはと思うものを色々書き出して見る。

正に気分は南無妙法蓮華経《なむみょうほうれんげきょう》だ。

何でもいい、自分が敵と認識したものを遠ざけるものがあるのなら、それを手に入れたい。仏教も神道も一緒くたにして、すがれそうなもの全てに手を出して、それを持ってまた初音の家へ顔を出す。

あれほど言われているのに、訪《おとな》うのは庭先からにした。

もちろん、あの男の姿を確認するためだ。

男はいた。

いつ訪れても、庭先の萩の影から家の方を見ていた。

初音はわかっているのだろうか、縁側で猫を覗くことに夢中だった。

「壮。来るのはいいけど、玄関から来いよ。猫が逃げる」

と言って、ただ笑っていた。


奇妙と言えば奇妙な同居はその後も暫く続いた。

何をしてみてもあの男は消えなかったのだ。

お札も塩も、お題目も真言も九字も何もかも、庭先の影を消すことはできなかった。

いつまでも男は伺うようにじっとこちらを見ている。

あの意味深な笑みももう見せず、ただそこに焼き付けられた立体画像のようにじっと。

「ああなるとまるでオブジェだな」

初音は笑ったが、俺は笑えなかった。

「あんまり庭へ行くな」

「大丈夫だよ、猫もいるし」

「ダメだ。俺の言うことを聞いてくれ」

「変だぞ、壮」

彼は、あの夢を見ていないのだろうか。

この家にいるのに、影響を受けるのは俺だけなのだろうか。

それは攻撃的に出ているのが俺だけだからか。

水を撒くからと言って庭へ出ようとする初音の、着物を肩を抱いて引き戻す。

「いい、俺がやる」

「お前、いい加減じゃないか」

「ちゃんとやるよ、だから俺にやらせろ」

「…いいけど」

初音は、幽霊のことを知りたいと思ってはいないようだった。

口にしたように、あれを庭の置物か何かのように扱っている。今までも幽霊を見たことがあると言っていたから慣れてるのかも知れない。

けれど初音、そいつは違うんだ。

今までのがどんなものだったかわからないが、そいつだけは邪《よこし》まな気持ちの持ち主で、お前に害をなすものなんだ。

いつもなら、そこまでちゃんと口にして注意するのだが、今回はその口も重い。あいつの計算が当たって、俺は夢に捕らわれてそのことを告げられない。

どうしてそんなに、と聞かれればこんな夢を見たからと言わねばならないだろう。あれが、お前を抱くことを望んでいるのだ、と。

そんなこと、言えるはずがない。

そんな事を言われたら、あいつがどう思うか。

長い友情に裏打ちされた信頼を逆手にとって、あいつは散々なことをしたのだ。実際に
あの腕に抱かれたあいつの友人はどんな思いだっただろう。

抗って、抗って、力でねじ伏せられた時、どれほど傷付いただろう。

そんな事を考える度、振り向いた夢の中の初音の顔が浮かぶ。

白い肌に千々に散った黒髪、赤く染まった半開きの唇。

俺はふるふると頭を振って妄想を打ち消した。

あんなことはあり得ない。

俺はあんなことはしない。

だって初音はとても傷付きやすいのだ。大切にしてやらなければ壊れてしまうかも知れない。

彼を知る誰もが彼を可哀想と言うけれど、実際は彼が強い精神の持ち主であることを知っている。けれど、強いはずの彼が、脆い部分を持ち合わせていることも知っている。

だから、彼を大切にしてやりたいのだ。

「水、撒き終わったらすぐに中に入れよ。蚊が出るから」

「わかった」

あの男が立っていた場所に特に念入りに水を撒いてからホースを片付ける。

濡れた手足を拭くためのタオルを持った初音が縁側で俺を待つ。

俺を、だ。

あの男など彼の眼中にはない。

そう思った瞬間、何故かドキッとした。

「…幽霊と比べてどうすんだ…」

悪い、罠に嵌《は》まっているような気がする。

「どうした？　疲れたか？」

「いや、別に」

身長差があるから見上げるように俺を見る初音の黒い瞳。いつもは精悍な眼差しに見えるその瞳がまるで子供のようにこちらを見る。

「やっぱり、こっちへ来るのは疲れるんじゃないのか？　ここは駅からも遠いし」

「何言ってるんだ。俺様の体力をお前と比べるな」

わざと乱暴にその頭を撫でて、視線を外させる。

心が…騒いだ。

「何するんだ、髪がぐしゃぐしゃになるだろう」

「どうせ風呂焚いてあんだろ。一緒に入ればいいじゃないか」

そんな言葉にさっと顔を赤らめた初音に、胸が締め付けられる。

「いい年して一緒になんか入れるか」

他意なくかけた言葉を拒絶されたことがショックだったのか、彼に自分の中にあるあの悪夢を嗅ぎ取られたかと脅えたのかわからないが、二人の間に一本の線が引かれたことを察知して衝撃を受けたことは確かだ。

「初音」

俺はあの男と違う。

あんなひどいことはしない。

だからお前はあんなふうに必死に逃げるようなことはしないでくれ。

腕を伸ばして立ち去ろうとする初音の身体を抱いたのは、そんな思いからだった。

「重い」

彼は自分に身体を預けるように寄りかかり、上を向いて不満を漏らした。

「お前、自分の身体を考えてしがみつけよ」

くったくなく笑う顔。

「そんなに体重かけてないだろ。これで重いんなら相当なまってるぞ」

「何だと、お前が規格外なんだろうが」

着物に焚き込められた何かの香りが微かに鼻孔をくすぐる。

俺は、優しくこいつを抱き締めることができる。この腕を振りほどかれることはない。

勝ち負けなどないことに、『勝った』と思った途端、軽い目眩を感じた。

「壮？」

何だ…これは。

「やっぱり疲れてるのか？」

「いや…」

俺は何をしている。

何故初音の身体を抱いて、いい気になっているんだ。

「先に風呂を使えよ。それとも先に食事にするか？」

「ああ…、じゃあ風呂を借りるかな」

悪い罠に嵌まる気がする。

見てはいけないものに目を向けさせられる気がする。

俺が初音を好きなのは恋愛じゃない、友情だ。あんなことがしたいんじゃなく、穏やかな時間を過ごしたいんだ。

「壮、手を離してくれ。着替えを取って来てやる」

「ん、ああ。悪い」

解いた腕からするりと抜ける体温。

「俺の家にいるせいか、お前にも少し香の匂いが移ったな」

軽く指先で触れて去ってゆく背中。

名残惜しいと感じる感情は自分のものか、幽霊のものか。

「…チックショウ…！」

日の暮れ始めた庭先で、ヤツがにやりと笑う気配を感じた。

どうだ、あれはやっぱりお前だったろう、というような。


初音は、いつも自分から『具合が悪い』とは言い出さなかった。

ギリギリまで我慢して誰にも言わずふいっと姿を消した。

鈍い俺が気づいてその姿を探すと、物陰で膝を抱えてじっと蹲《うずくま》っていた。

「大丈夫か」

と聞くと、蒼白い顔を上げてほんの少しだけ微笑む。

「ダメだなぁ、今日は大丈夫だと思ったのに」

大学の学部のコンパに誘われた時、彼は断るだろうと思った。

初音は特に酔っ払いがダメなのだ。

けれど今日は大丈夫だからと、彼はみんなと一緒に出かけた。折角《せっかく》大学に来たのに、皆と過ごす思い出が少ないのは寂しいじゃないかと言って。

だが一次会の酒の席、居酒屋での盛り上がりの中、彼は席を外してしまった。誰かが『三條は金持ちの息子なんだぜ』と彼を肴にした後のことだ。

奇麗な顔立ち、明晰な頭脳、お香をやっているから当然なのだが、いつもよい香りを漂わせている彼に、周囲の者はあからさまな好奇心を向けた。

それは、彼以外の人間にとっては大した問題にもならないことだろう。笑って、そうなんだよいいだろうと言えれば、笑って過ごせたものだろう。

けれど彼は上手い返事ができず、さして強くもない酒をすすめられ、だんだんと口を噤んでいってしまった。

そのせいで彼の話題は長く続き、女達もしつように彼に話しかけていた。

だがもう大学生なんだ、自分が一々助け舟を出すことはないだろう。俺が、来ない方がいいんじゃないかと進言したにもかかわらず、彼は自分で望んで来たのだし。

彼が席を外したことに気づいてから五分ほどして、初音は戻らないだろうと判断し自分も席を外す。

近くにいた事情を知っている友人に二人分の会費を手渡し『先に出るわ』と言い置く。

案の定、初音は店の外にいた。

横合いの路地で、蒼白い顔を膝に埋めてじっとしていた。

「大丈夫か」

「ダメだなぁ、今日は大丈夫だと思ったのに」

「だから無理するなって言っただろ」

「無理なんかしてないさ、ただ自分ができるとこまでやってみたかったんだ。それに壮と一緒に宴会に出てみたかったんだ」

「さ、帰ろう」

「いいよ、お前は飲んでけよ。俺はタクシー拾うから」

「ばか、一人で帰せるか。それに俺ももう面倒くさいから帰るきっかけを探してたんだ」

「本当?」

「ああ」

差し伸べた手に、初音が手を伸ばす。

微かに感じる優越感。

こんなふうに、人酔いをした時の初音に触れられるのは柴舟さんと俺だけだ。

「ごめんな…」

やっぱりこいつには俺だけしかいないんだ。他のヤツは絶対代わりになんかなれないいんだ。

「謝るなよ。それくらいならタクシー代だせ、御曹司」

「いいよ、それくらい。俺がしてやれることは何でもお前にしてやるよ」

心地良い言葉。

「お前が側にいてくれるんなら」

心地よい信頼。

「あ、でも別に介抱役としてって意味じゃないぞ。ちゃんとお前のことが好きだから言ってるんだからな」

「はいはい、わかってるよ。ほら、腕回せ」

「お前の肩なんか高くて腕回んないよ」

彼がこんな体質であることを、心の奥底、どこかで喜んでいる。

彼は他の人間の元へは行けない。

自分だけしかここにいられない。

春も夏も、秋も冬も何時《いっ》も、彼の隣で友人として微笑んでいられるのは自分だけだ。

誰にも渡したくない。

彼を独占して、自分だけを頼らせておきたい。

『そのために』彼を大切にするのだ。誰にも近寄れないように、自分が囲うのだ。

このままでいいのだと安心させてやる。俺がいるのだから、と囁いて。

「壮」

その唇は、俺の名を呼ぶだけでいい。

「壮」

その手は俺にだけ回せばいい。

そうしたら、その細い身体をいつかこの腕で思いきり抱き締めてやるから。

儚く笑う笑顔を絶やさせないまま、包み込んでやるから。

「壮」

俺だけが、お前を大切に愛してやるから…。

「壮！」


「壮！」

揺り起こされて目が覚めた。

黒い板張りの天井とのぞき込む初音の顔。

「大丈夫か、うなされてたぞ」

「…初音…」

夢…。

現実を取り込んだ夢だ。

「だい…丈夫だ…」

熱い。

汗がだくだくと喉元を伝わってゆく。

薄い夜着に身を包んだ初音がすぐ側にいて、俺の身体に手を掛けている。

枕元に行灯はないが、小さなランプがポツンと灯っている。

嫌なデジャ・ヴだ。

「悪い。心配かけたな。もう平気だ」

ゆっくり身体を起こし、悪い夢を拭うように軽く頭を振った。

「水、持って来てやろうか」

「いや、いい。もう寝ていいよ」

「でも…」

「今何時だ？」

「夜中の二時を回った所だ。トイレに起きたら声が聞こえたから」

「プライバシーのない日本家屋ならではだな」

笑おうとしたが、上手く笑えなかった。だがどうせこの暗がりでは見えないだろう。

「側にいようか？　眠るまでここにいてもいいぞ」

僅かな明かりというのは、どうしてこんなにも人を妖《あや》しく魅せるのだろう。

「そんな、子供じゃあるまいし」

影が落ちた初音の顔には、色気がある。

そして自分はそれを感じている。

「何時《いつ》もはお前が俺の側にいてくれるじゃないか。だからお前が苦しい時には少しくらい役に立ちたいんだ」

細い指が起き上がった俺の腕にかかる。

体温の差で、その感触が強く残る。

瞬間、細い肩を抱きたい衝動が生まれ、それを打ち消すのには努力がいった。

「本当に大丈夫だ。心配するほどのことじゃない。ただ起こしてくれてよかったよ、あんまりいい夢じゃなかったから」

「本当に？」

「ああ」

このまま、彼の腕を取って布団へ引き入れたらどんな顔をするだろう。

ちらりと考えた自分を恥じて視線を背けた。

「壮。俺はお前に何でも言った。いつでも頼っていいと言ったから、ずっと頼りにしてる。そのお前が俺に隠し事をするなら、俺はこれからどうしてお前に頼ることができる」

「ダメだ！」

意識よりも先に身体が動いて彼を捕らえてしまった。

「『ダメ』だ。俺から離れるな。隠し事じゃない、ただ本当に疲れてるだけなんだ。お願いだからそんなことを言わないでくれ」

夢に捕らわれているのか、あれが気づかせただけなのか。

暗い闇にほうり込まれた気分。

『大切』なのは『友人』なのか『初音』なのか、『愛しい人』なのか…。

「俺は確かに頼りないかも知れないが、役には立つぞ」

抱き締めて、彼の言葉を耳に入れながら、頭の中では別のことを考えている。

「違うんだ。ただこの匂いが…」

「匂い？」

「部屋に満ちてるこの甘い匂いで悪い夢を見ただけなんだ。ただそれだけだ」

俺の言葉に、初音はそっと身体を離した。離すまいとする俺の胸を押して、大丈夫だからと小さく囁く。

「俺はこの部屋に香は焚いてないんだ」

彼は不審げな声でそう言った。

「お前は嫌いだから、ここで焚いたのは蚊取り線香くらいなものだ」

「だが甘いような匂いが…」

「ああ、確かに香ってる。一体何が…」

「柴舟さんがくれた『掛け香』とかいうヤツか？」

「あれは座敷に掛けてある」

「初音…」

彼は襟を掻き合わせ、ゆっくりと立ち上がった。

まるで動物のように鼻をひくひくと動かして香りの元を辿る。

小さなランプの作る光の輪から彼が出てしまうと急に不安になった。

俺の中に生まれた邪まな考えに気づき、理由を付けて身体を離したのではないかと不安になる。

だがそれは杞憂《きゆう》だったようだ。初音は畳に這いつくばるようにして香りを追うと、ある一点で動きを止めた。

「ここからだ」

それは俺の着替えを詰め込んだバッグだった。

「そんな所に匂いのするようなものは入れてないぞ」

「でもここから匂うんだ」

自分も布団から這い出してカバンににじりよる。

何の変哲もない、安いナイロンのカバンだ。顔を近づけてクンクンと嗅いでみたが、特に強く香るという気はしない。

「開けてみろ」

俺の肩にすがった初音が言うから、その通りにする。

中に入っているのは洗面道具と着替えとテープレコーダー、筆記用具に携帯電話。それから布に包まれた細長い物。

「それは?」

「この間言ってたヤツだ。ほら、取材で行った骨董屋で矢立てを買ったと言っただろ」

「笛みたいだな」

「そうなのか?」

「ああ、普通矢立てには墨壷が付いてるからこんなに細身のものが一本ということはないんだ」

近い初音の息が頬にかかる。

それだけで意識し始めた自分の身体に変化が起きそうで苦しい。

「見せてくれ」

「ああ」

布を解いて中から道具を取り出す。

それは細い筒状のもので、朱塗りの胴に宝珠を持った龍がぐるりと巻き付いた姿が浮き彫りになったものだ。

頭の部分が蓋になっていて、奇妙な模様の彫り込まれたそれをねじ開けると中には細い筆が一本入る程度の空洞があり、今はそこに筆ペンが入っていた。

「これは…」

彼は俺の手からそれを取り上げるとじっと薄い明かりにそれを透かして見た。

「明かりを付けてくれ、壮」

身体を離せることにほっとして立ち上がり天井から下がる電気の紐を引く。

狭い部屋は一瞬にして光に満ち、さっきまでの妖しい空気はさっと払拭《ふっしょく》された。

「初音?」

小さな蓋の模様を見、中の筆ペンをほうり出して筒の匂いを嗅ぐと、彼は振り向いてこう言った。

「これは矢立てなんかじゃない。香筒《こうづつ》だ」

「香筒?」

「そうだ。線香を入れて持ち歩く道具だ。匂いはここから流れてるんだ。そして…」

初音は眉をひそめて最後の言葉を独り言のように呟いた。

「ここから『彼』の気配がする…」

と、切なげに…。


『本草綱目《ほんぞうこうもく》』によると、香は、元々二十種に近い香末を用いて作るとあるが、現在では沈《ちん》香《こう》、白檀《びゃくだん》、丁字《ちょうじ》、等の植物性のものに麝香《じゃこう》などの動物性のものを混ぜ合わせる。導火として樹皮を混ぜ合わせて粉末にしたものに着色し、練って木枠の穴から細く練り出したものを線香と言う。

儀式用の香りに富んだ『匂い線香』、現在も墓所や仏壇などで使う煙用の『杉線香』、防虫用の『蚊取り線香』などの種類があり、古くはその長さで時間を計ったという。

今は線香と言うとどうしても仏壇の前で焚くものしか思い浮かばないが、昔は道中の虫避けや、衣に炊き込むため、タイマーの代わりとして持ち歩いていたらしい。

初音は自室へ俺を引っ張りこむと、わけのわからないお香の道具を出しながらそんなことを説明してくれた。

「つまり、お前の持ってるそれは『香筒』と言って、線香を携帯する時の入れ物なんだよ。

矢立てなんかじゃない」

『香筒』なんて、線香を持ち歩くなんて考えのない俺には全く初めて耳にする名前だ。

「蓋の所に模様が彫り込んであるだろう。それは源氏香と言って香道で言う組香の時に使うマークだ」

「…組香って何だ」

「五種類の香を五包ずつ二十五包用意して、その中から適当に五包取り出す。簡単に言えば一番から五番まで、どのお香を引いたのかを嗅ぎ分けるもんだ。全部違うお香の場合は一本線を引く、つまり五本の線だな。どこか一カ所でも同じお香が入ってると思えばそれを線でつなぐ、そうすると全部で五十二種類の組み方ができる。それを源氏物語のタイトルに合わせて呼ぶんだ」

と言われてもチンプンカンプンだ。

「あれ、でも源氏物語って五十四帖じゃなかったっけ」

「頭とケツは省くんだよ。とにかく、それはお香で使うマークで、その意味は『夕顔』という意味なんだ。『夕顔』は源氏香の中でも凶とされてる香だ。理由は簡単、本編の源氏物語で、源氏の逢い引きの相手、夕顔を嫉妬した六条の御息所が生霊《いきりょう》になって取り殺す話だからだ」

『生霊』と『取り殺す』という言葉に反応して身体に力が入る。

「誰が付けたのかはわからないが、そこに『夕顔』の記しを刻んだ者はその意味を知っていたんだと思う」

あの男だ。あの幽霊が刻んだに決まってる。

「ところでお前、さっきから何やってるんだ」

「その『夕顔』を作るんだよ」

蒔絵の施された棚から、同じように蒔絵の施された重箱のような物を取り出しては中からタトウ紙に包まれたものの匂いを嗅ぎまわる。

「『夕顔』っていうのは香の順番を示しただけの符号で、配合が決まってるわけじゃない。だからそこに残ってる香りからそれを作り出すんだ」

「でも…」

「俺ならできる。黙ってそこで待ってろ」

驚くほどの勢いで、彼は持っている香の中から選別を始めた。

幽霊がこの『香筒』に憑いていたというなら、幽霊をここへ持ち込んだのは自分ということになる。なのにどうして彼がこんなに懸命になっているのだろう。

これが諸悪の根源だと言うなら、いっそ二つに折って火にくべてしまえばいいだけじゃないのだろうか。

初音は暫く香を選んでいたが、これと決まったのだろう、四種類のお香を盆の上に並べると、小さな青磁の香炉に火をともし始めた。

「電気を消して、そこへ座れ。正座するんだぞ、窮屈でも」

「え？」

「聞こえなかったか、部屋を暗くしてそこへ正座してろって言ったんだ。できれば目を閉じて」

強い語調に口を挟む隙がない。仕方なく、俺は言われた通り部屋の明かりを消すと、彼の香炉が仄《ほの》かに漏らす赤い魔物の目のような火の前へ正座した。

「暫くすると香りが立ちのぼるから、深呼吸して力を抜くんだ。頭の中に浮かぶものに意識を集中して…」

言われた通りにする。これが彼の行っているアロマテラピーという香りによる記憶の再現というヤツなのだろうか。

「薫物としての『夕顔』は名香と言って沈香、白檀、丁字を合わせたものを扇に薫《た》き染めたものを言う…」

暗闇の中に、初音の声が響く。

「それが線香として使われ、そこへしまわれていたのかも知れない」

甘い声だ。

「その香りを嗅いで、『誰か』を思い出したいと願い持ち歩いたか、旅へ出る相手に香りだけでもついて行きたいと願って渡したか。『夕顔』の六条殿のように愛しい人を…」

静かな闇に響き渡る声が遠のく。

やがて部屋には甘いあの香りが漂い、全身の力が抜け、頭の芯がぼうっとすると、眠りとも違う意識の混濁がやって来た。

それは幻想への誘いに似ていた…。


その部屋が、『あの部屋』であることはトンボの抜き型のある行灯でそれと知れた。

だが今は部屋は明るく、蚊帳も吊っていない。

代わりに敷かれた布団には蒼白な顔をした青年が横たわっていた。

蒼白なのは当然だろう。彼の枕元には彼の顔から外されたらしい白布と煙をたなびかせた線香がともっている。

そこに横たわっているのは、…死人なのだ。

俺は意識を凝らしてそこにいる青年の顔を見た。いや、見た『つもり』になった。

違う、それは初音ではない。

当然のことなのにほっとして、軽く息を吐いた『つもりに』なった。

「ずっと…」

声が聞こえる。

「お前は一番の友達だと思っていた」

聞き覚えがあるようなないような声。少なくとも自分のものでも初音のものでもない。

「だがそれは嘘だった。俺にとってはそれ以上のものだったんだ」

声は枕元に座っている人物から聞こえている。洋装の、髪を短く揃えた男。衣服は違うがあの『幽霊』だ。ではこの死人が、本当の蚊帳の中の男だったのだろうか。

「そんな事は許されるはずがない。だから、俺はわかっていたのに考えることを、受け入れることを拒否していたんだ。お前を失ってこんなにも悲しんでいるというのに」

涙の零れる頬。

絞り出すような声。

「こんな物を残すなら、何故俺が立つ前に一言その気持ちを伝えてくれなかった。そうすれば、俺だって応えてやれたのに…。嫌、友情ですら重荷ではないかと気遣うお前から、そんなことを口に出せるはずがなかったんだ。俺が…、俺が先に言ってやればよかった。いっその事、お前が嫌がっても閨を襲い、この手で抱いてしまえばよかった」

男の手には、あの『香筒』が握られていた。

「俺の祝言を喜べないと遺して逝くなら、いっそ俺を取り殺せばよかったんだ…！」

男は遺体に取りすがって泣き続ける。それはあの時の狼藉者《ろうぜきもの》とは全く違う様子だった。そこにいるのは愛しい者を失い、嘆く一人の青年でしかなかった。

こちらこそが現実だったのか？

「友情だと思っていた。だがそうではなかった。比べるものもないほど愛しく離れ難い相手だったのだ。なのに気が付くのが遅かった……。もっと早くに気づいて、お前を好きだと言って、この腕に掻き抱けばよかった。身体の弱いお前が自分より先に逝くことを考えもせず、世間体と常識に捕らわれて大切なものを逃してしまった」

自分の思いを強引に遂げたのではなく、亡くなった者の意をくみ取って、ああしてやればよかったという思いだったのか。

男はキッと顔を上げるとそこにいるはずもない俺を見据えた。

「早く己の気持ちに気づいて、不安を抱えた愛しい者に手を伸ばせばよかった。たとえ脅えられても、一人にするよりもずっとその方がよかったんだ」

まるで俺に語りかけるように。

その声に自分の気持ちが重なる。

「失ってしまったら、泣かないでいられるはずがない」

『彼』を一人にする。

孤独の中に置き去りにする。

「大切にしたいと思う気持ちが、誰よりも守りたいと思う気持ちが、恋に劣るものなはずがないのだから」

ふいに、初音の顔が遺体の顔に重なった。

瞬間、胸が痛くなって目元が熱くなる。

こんなふうに彼を失ってしまったら…。

「誰か他の人間と寄り添う姿も、こうして一人で冷たくなる姿も、見たいと思ったことはない。見たかったのはただ、お前の幸福そうな笑みだけだ」

そうだ。

その通りだ。

何気ない時間を共に過ごすのが一番の相手を、愛していないわけがない。十年以上も側にいて、大切にしたいと、一度も負担に思わず力を尽くした相手を、愛しく思わないはずがない。

外へ行く俺を追わず、一人この家に残る初音。

身体のことさえなければどこへでも行きたいと願う彼が、それを寂しいと思っていないはずがない。

なのに彼はずっと微笑んでいた。

その微笑みを、切なくも愛しいと思っていた。

「その香りに自分を思い出してと逝くくらいなら、その香りを俺に移してくれればよかったんだ」

ただその愛しさを何と呼べばいいのかわからなかったのだ。

友情以上と思いながらも、男の初音を、女と同じように抱き締めたいと思っていいなんて、考えたことがなかった。

けれどこうして、『そんなふうに考えてもいいのだ』と知ってしまったら、答えを見つけた気がする。

この腕が空っぽなことが悲しい。これほどに大切に思っている相手を、これほどに愛しく思う相手を、心のままに抱き締めてやりたい。

どうして、あの細い身体を放っておけたのか、それが不思議なほどに。

「後悔したくなかったのに…」

後悔してもいいのか、と男が言う。

自分のように失ってから涙を流していいのかと目が語る。

無骨で無知な自分を見抜いて嘲笑した庭先の男。

同じ思いを抱いて、失敗した幽霊が俺の頭の中に語りかける。

お前は、その大切なものをいつか誰かに、それが死神であっても、渡してよいと思っているのか、と。それとも、脅えられるのを覚悟で、自分の気持ちを伝え、決して一人にはさせないと告げるのか、と。

あの夢は、『こうすればよかった』という男の後悔だったのか。

心は決まっていた。

だから身体のない俺は夢想の中できっぱりと答えてやった。

「俺は後悔なんかしないっ！」

と、大きな声で。


目を開けると、そこはまだ真っ暗な初音の部屋だった。

暗闇に目が慣れたのか、すぐ目の前に彼のシルエットが浮かぶのがわかる。

「夢を見た…」

身体がだるい。だが俺は居ずまいを正した。

「幽霊の?」

「ああ」

「解放されたか」

「…多分。あいつの言いたいことはわかったから」

ほうっと長いタメ息。

けれどそれは俺のものではない。

シルエットが崩れ、まだ火を残す香炉をずいっと脇へ避けて近づいて来る者のだ。

「…よかった」

甘く回される腕が身体を包む。

俺にとっては微かな重みがかかる。

「やっぱりお前の様子がおかしかったのはあいつのせいだったんだな」

「…知ってたのか？」

「知ってたわけじゃない。ただ何となくそうかと思ったんだ、最初に見た時からずっとお前、幽霊のこと気にしてたから」

「それであんなにやっきになってお香を探したのか」

「…俺は他にお前にしてやれることはないから」

ほの明かり。

顎を取って顔を上向かせると、彼は驚いたように身体を固くした。

「何？」

「幽霊は…後悔してた」

「何を？」

「好きなヤツに好きと言わないで、死なせてしまったんだ」

今となっては彼が俺に見せた夢は、鈍い俺にはっぱをかけるための手痛い応援だった気もする。

だとしたら確かに、その気持ちは受け取ることができた。

「だから、俺には同じことをするなと言いに来たらしい。あんな『香筒』を残して逝かれるくらいなら、その香りを移してくれとか言ってたな」

「移り香とは色っぽいな」

「ああ、そうだな。それで…その…、初音は俺に香りを移してくれるだろうか」

暗がりが少し自分を大胆にする。

幽霊と違い、俺は彼に『恋』を語られたことはなかった。

けれど彼が手の届かないところへ行く前に、伝えておかなくてはと気が急く。

顎を捕らえていた手を離し、彼を自由にしてもう一度言ってみる。

「幽霊に言われて気が付くなんて、間抜けもいいとこなんだが、俺は初音が好きなんだ。お前とずっと一緒にいて、お前に手を貸していたのは友情だとばかり思っていたが、どうやら違うらしい。幽霊がお前を狙ってるんだと思った時、誰にもお前を渡したくないってわかった」

初音は、離れていかなかった。

「お前がそんな身体なのを、大変だなと思ってる俺がいて、でも同時にそんな身体だから俺以外の人間が近寄らないことを喜んでる俺もいた」

ポツポツと語り続ける俺の言葉を、間近でじっと聞いていた。

「この家に来られるのが俺だけなんだって喜んでた。幽霊でも何でも、自分以外の人間がお前に近づくことが許せなくて、ここに乗り込んで来たんだ。大切に守るって言いながら、そうすることでお前を鳥籠の中に閉じ込めるようにして愛でてたんだ。初音の気持ちのいい時間は全部自分と一緒じゃなきゃイヤだと思って」

だからそっと手を伸ばして、もう一度その身体を抱き締めた。

「好きだ」

いつでも逃げられるように少しの隙間を残して。

「好きだ」

彼の甘い香りを嗅ぎながら、ゆっくりと顔を寄せる。

「好きなんだ」

鼻の先が彼の頬へ当たったところで止まり、最後の質問をぶつける。

「お前は？　抱き締めて、香りを奪い取りたいと思ってる俺と同じように、俺を好きでいてくれるか？　もしそうでないなら…これは夢だったってことにしても…」

そこまで言いかけた時、柔らかい感触が向こうからやって来て頬に触れた。

細い腕が精一杯伸びて、俺の首に絡まり、ぐっと引き寄せる。

「お前以外の人間と一緒にいらんないってずっと言い続けてきた俺が、なんでお前以下の気持ちしか持ってないなんて思うんだよ」

声が震えていると思うのは気のせいだろうか。

「お前がずっとここに来てくれたことを、あんなに喜んだのに。お前のためになら何でもするって言ってたのに、なんでわからないんだ」

初めて見せる子供のような態度。

「本当に全然気が付かなかったのか」

悔しそうに、恥ずかしそうに、そう言って胸に顔を埋めてくる。

「…全然気が付かなかった」

口に出して後悔をする。

口に出せずに後悔する。

そのどちらの方がよいのだろう。

「初音」

作ってやっていた隙間を埋めるように、腕に力を入れる。

この腕の中に、一番必要だったものが収まる感触。

「俺はな、最初にお前の手を取った時からずっと、壮のことが好きだったんだ。ただこんな体質だから、負担にならないようにだな…」

今度言葉を途中で途切れさせるのは俺の番だった。

愛しい、と思う気持ちが募って身体が動く。

本能より本能に近い自然さで、見えない唇に唇を重ねる。

昨日まで友情で、今日から恋愛になったのではない。昨日まで見誤っていたものを、今日ちゃんと見据えただけのこと。

べたべたと馴れ合って睦言を交わすばかりが恋ではなく、一緒にいることが自然で、相手に何かしてやりたいと思うことが愛しさだという恋もあるのだと知っただけのこと。

だから、この手を止める術を俺は知らない。

「女のように抱きたい」

と言うと、彼は身体を震わせた。

「『女のように』なんてごめんだ。俺が抱きたいと言え」

「初音を抱きたい」

「それなら…」

畳が擦れる音がする。

甘い香りが鼻腔から入って脳髄を刺激する。

「…お前の『気』はいつも心地いいから…」

明かりが少ないのが残念だが、それでも真の闇というわけではないからいいだろう。白い夜着と白い肌がわかるだけで十分そそられる。

「…包まれてもいい」

あの夢のように強引にではなく、望まれて与える。そんな抱き方で、俺はそっと初音を押し倒した。

彼がどんなに女のような顔をしていても、男であることは十年来承知している。

だから胸より先に着物の裾を割って下へ手を伸ばした。

細い脚の形をなぞりながら奥へ進み根元に触れる。

昔の人間ならば着物に下着は着けないもんなのだろうが、それがまるで最後の砦でもあるかのように一枚の布が指の動きを止めた。

「ん…」

その縁から指を入れ、風呂場で見たことくらいはあるけれど触れたことはない場所に探りを入れる。

いやらしいことばかりを考えてる頭の中では、これからどうやって彼を責めるかと想像しているのだが、心の中だけはずっと彼に贈る言葉を繰り返す。

好きだ。

ずっと好きだったんだ。

どんな時も顔を上げているお前の横顔を、奇麗だと思っていたんだ。

お前がもしも気持ちを読み取れるような力があるのなら、性欲だけでこんなことをしているんじゃないのだとわかるようにと、ずっと思い続けた。

「…ふっ…」

枕元には行灯はない。

「あ…」

二人の間には布団も蚊帳もない。隔てるものはない。

初音は身体をよじって快感から逃れようとした。けれど俺からは離れようとしない。

乱れた髪がキスした唇にかかってる。それを取るのももどかしいから、髪を咥えさせたまま何度も口づけた。

「そ…」

下着を取り去って、直にそこに触れる。

身体をずらして、突出した彼の腰骨を甘く噛む。

切ないほどの喘ぎは途絶えることがなく、何もしていないのに鼓膜から俺の中の熱を煽ってくれる。

手を出してみると、どうして今まであんなにも平穏な顔をしていられたのかと驚くほど。

自分が乾いていたことを、舌に落ちた一滴の水が教えるようだ。

優しくしてやるつもりだった手の動きが、だんだん抑えられなくなってくる。

自分の指の小さな動き一つで、身体の下にある初音は大きく動く。それが嬉しくてつい苛めるような動きをしてしまう。

傷つけたくないとは思っている。けれど今ここで彼を攻めることは傷を付けることにはならないとわかっているから止まらない。

熱く膨れた場所を口に含んで、舌を絡ませると、彼は何度も声を殺した。

畳を掻く音が聞こえたから、そこを口にくわえたまま彼の手を自分の頭へ誘った。

一人で堪えないで。あの夢のように一人で我慢をしないで。

俺はすぐそばにいるのだから、お前は俺を必要だと思っているのだから、与えられるのが優しい抱擁じゃなくても、爪が肉に食い込みような痛みでも、その方が甘い。

「ん…っ」

呼吸をする度に聞こえる嬌声。

「あ…っん…っくっ…」

こんな体質だから女と寝たこともないのだろう。この快楽を教える最初の人間は男も女も合わせて俺がホントの一番最初で、最後になるのだ。

固く張る肌のかたまり。皮一枚分の柔らかさを玩《もてあそ》ぶように何度も歯を立てる。そこからすら、彼には甘い香りが立つようだ。

俺を狂わせるような、甘美な。

「も…っ…」

内股に指を滑らせ、同時に舌を後ろに移動させる。やり方は知っている。ただこの細腰にそれが堪えられるのかどうかはわからないが。

人工のぬめりを目で探すが暗くて何もわからない。もっとも明るくなったってこいつの部屋にそんなものがあるとは思えない。となればただこの唇から溢れる飢えでそこを潤すしかないだろう。

「そ…う…っ」

名前を呼ばれると、鼓膜から入る媚薬のように自分のモノが奮い立つ。

「そこ…止め…」

何と言われても、男として火がついたものを途中で止めることはできない。

そう言えば、あの幽霊が夢で言っていたっけ。俺の心の中に業火がある、と。

確か身を滅ぼす悪行や地獄の猛火のことを指す言葉だ。

もしこの無垢な彼を人に貶め、恋人として扱うことが悪行ならそれでもいい。

そしてお前が俺に香りを移すように、俺はお前にこの胸の業火を点けてやろう。

脇腹から上へ片手を這わせ、行き当たる小さな突起を弄ぶ。止めようとする彼の指がそれに重なるが、力は弱いのでそのまま強く嬲り続ける。

「ひ…っう…っ」

泣きじゃくるような声が聞こえて、彼の足がぶるぶると震えた。

「後悔、するか？」

してももう引き返せないんだぞ、という響きを込めて聞いてみる。

闇の中で小さな頭は揺れた。多分、横に。

視覚がままならないから、感覚が研ぎ澄まされる。

申し訳程度に伸びる初音の指が、俺が後ろ指を差し入れた途端、肩を引っ掻いた。

入り口を濡らしたものがちゃんと奥へ行き渡るように、何度も指を抜き差しする。その度に大仰なほど彼はヒクついて見せた。

「壮…？」

彼の声が掠れ、もう我慢ができないかと思われた頃、身体を離して起き上がる。

終わらない熱を持て余した初音の声が、どこか懇願するように俺の名前を呼ぶ。

「顔が見たいんだ」

手を伸ばして電灯の紐を引く。

「ひっ…！」

闇に慣れた目に痛いほどの光。

「やだっ…！」

身体を丸めるその姿を一瞬焼き付けて、もう二度ほど紐を引く。柔らかいオレンジの豆球でもこの目には十分な明かりだ。

「女のようにじゃなく、初音を抱くと言っただろう。だから、お前の顔をちゃんと見ていたんだ。恥ずかしかったらお前は目を閉じていてもいいから」

火は消えてしまったのか、さっきまで強く香っていた『夕顔』の香が薄れている。

今はただ、初音の身体からほのかに薫る彼の匂いだけが俺を魅了していた。

愛しくて、抱き締めて、口付ける。

何をしてもまだ足りなくて、全身を自分の手中に収めようと手を動かす。

そして最後の欲を満たすために、俺はそんなところまで俺よりも柔らかい膝裏を取って、彼の身体を無理に折り曲げた。

恥ずかしがっていても、もう手を止める理由にはならない。

それは誘いにしかならず、相手もそれとわかっている。

「こんなに…」

一度も彼の指を感じてないのに、もう十分硬くなっているモノを自分が濡らした場所へ押し当てた。

「…お前が欲しかったんだな、俺は」

痛みに歪む彼がぎゅっと目を瞑っても、俺は自分の欲を抑えなかった。

抑えられるはずがなかった。

「よかった、手遅れにならないうちに気づいて…」

それから、ゆるゆると身体を進め、彼の痛みが少しでも緩むようにとその唇に、額に、肩に、首に、闇雲にキスを降らせた。

「…うっ…」

もう自分も言葉を紡ぐ余裕がなくなってしまったから。

『愛してる』の言葉に代えて…。


夏の盛りの少し前。

適度に荒れて、適度に整えられた庭にホースで水を撒いた。

午《ひる》の強い日差しを受けて草いきれが匂い立つ。

その庭にもそもそと訪れるのはもう涼を求める猫だけしかいない。萩の後ろにももう彼の姿はない。あの夢を最後に消えてしまった。

だから俺と初音は並んで庭を眺めてる。

それまでの日々と何ら変わることなく、音を立てて猫を逃がすことがないよう息を顰め

て肩を寄せ。

「俺にはやっぱりお香のことはわかんねぇよ」

考えてみれば唯一の二人の共通点だった、好物の甘い物を口に運び。

「お前の匂いだけわかればそれでいいんだ」

と嘯いて、細い腕に殴られることを幸福だと感じながら。

確かにそこにいたと覚えてはいるけれど、誰にも告げることのできない『もの』の存在を少しだけ名残惜しいと感じながら…。

終

誰《た》が袖《そで》 ～揺らふ毬～

私鉄の駅を降り、静かな住宅街を抜けると、そこには柘植《つげ》の植え込みに囲まれた古い木造の一軒家がある。

穏やかな年月を経た老夫婦が住むに相応《ふさわ》しいようなその家には、若い男が一人で住んでいた。

三條初音《さんじょうはつね》、腰までありそうな長い髪に和服を纏《まと》う姿は、この家にはピッタリだが、その整った面差《おもざ》しも含めて現代の人というにはいささか浮世《うきよ》離れした感がある。

実家は由緒正しい香道《こうどう》の本家なのだが、身体が少し弱いのと、特異な体質のせいでここに一人で住んでいるのだ。

その体質とは、人より感受性が強く、人間の発する『気』のようなものに当てられてしまうというものだ。たとえば、自分を嫌っている人の側にいると、相手が態度に示さなくても具合が悪くなったりする。霊感も強く、幽霊を見ることも多いらしい。

そんな身体で普通の勤めなどできるはずはなく、彼はこの家で香りから人の記憶を引き出すような仕事をしていた。

『ような』と言うのは、俺のような朴念仁《ぼくねんじん》には詳しくはわからないからだ。

感受性の強さと、香りに関する知識と感覚が、人の願いを引き出すことができる『らしい』のだ。

たとえば、誰かを偲んでいる時に、その相手を思い出すような香りを調合する、というようなことだ。だが、その香りをどうやって見つけだすのかは謎だし、彼の元を訪れる客の背後に、感受性の乏しい自分が薄い影を見ることがあるのを思うと、一種お香を使った霊媒師みたいなものなんじゃないかと思う。

そう言うときっと初音は嫌な顔をするだろうが…。

そんな『普通の人』とはちょっと違う初音が、このガサツで、いかにも一般人な俺、帯刀壮《たてわきそう》の恋人なのである。

もちろん、女との色恋にだって疎い自分が最初から初音と恋人であったわけはない。

俺と初音は中学の時からの親友だった、ついこの間まで。

長くその関係に満足し、それ以外の付き合い方に変わることなど考えてもいなかった。

だが、ふとしたきっかけで自分の奥底に眠っていた気持ちに気づいたら、それを止めることはできなかった。

凛《りん》として、それでもどこか弱いところのある初音を守ってやりたい。人の『気』に当てられて苦しむ彼を、大切にしてやりたい。

わからないことはわからないままに、いつも一緒にいて、少しだけでも彼の支えになりたい。

そして俺は今も、初音の元を訪れる。

彼を気遣う友人ではなく、彼を求める恋人として。

俺を見て顔を綻ばせる初音に手を振って駆け寄るために。

けれど、それが日常になり始めた平穏な日々の中、それは起こった。

兆しは、ある土曜日のことだった。


その日、フリーのライターを生業《なりわい》としている俺は、大きな仕事を終えて久々にまとまった金を持って初音の家を訪れた。

きっと寂しがっているだろう。

あいつのところには自分以外訪れる者は殆《ほとん》どいないから。

手土産に買った『たねや』の和菓子を手に、いそいそと道を進む。

だが、残念なことに『俺だけを待っている初音』に会うことはできなかった。

彼が留守だったわけではない。いつもは何もない彼の家の前に、見知った黒い車が止まっているのを見たからだ。

「ちぇっ、柴舟《しばふね》さんが来てるのか」

柴舟さんは初音の兄さんで、俺から見ても落ち着いて、人当たりのよい人だ。

まだ若いのに本家の方を一手にしきっているしっかりした人でもある。見た目は初音と同じように優男《やさおとこ》風なのだが。

もちろん、実家から追い出されたわけではないのだから、そんな『いい人』の兄を初音が嫌うわけがない。むしろ、自分の身体を気遣って実家の仕事を一人で引き受け、この家を用意してくれた柴舟さんにはメロメロという感じなのだ。

これでは折角《せっかく》の『久々の恋人の顔』が霞んでしまう。

「ま、仕方ないよな。俺より会う回数が少ないんだし」

いつもなら生け垣から庭へ回り、勝手に中へ入るのだが、今日はそういうわけで玄関から訪問することにする。

「こんにちは」

と声を掛けて玄関の引き戸を開けると、俺の肩は更にがっくりと落ちた。

そこには見慣れない靴が三つ並んでいたのだ。

ってことは柴舟さんの来訪は弟の顔を見に、じゃなく客を連れて来たということで、今日は俺がこの家で唯一の邪魔者になるってことでもある。

案の定、暫く待たされた後迎えに出たのは初音ではなく、柴舟さんの秘書の大倉《おおくら》さんだった。

「いらっしゃいませ」

俺なんかにまで深く頭を下げるこの礼儀正しい人を、俺はちょっと苦手に思っている。

歳は大して違わないとは思うのだが、背の高い無口なこの人は、自分には堅苦し過ぎるのだ。

「あ、どうも、お久しぶりです」

それでも、一応礼儀として俺も深く頭を下げた。

「お客さんですか？」

「左様です。申し訳ありませんが、帯刀様は私と一緒に次の間でお待ち願えますか」

「いや、俺だったら台所でお茶でもすすって待ってますよ」

「いえ、仕事ではありますが、帯刀様にはご同席いただいた方がよろしいだろうと、柴舟様が」

「柴舟さんが？」

「はい。ですからどうぞ、こちらへ」

自分の家にも等しいくらい慣れた家の中へ、外来者である大倉さんに案内されながら上がる。

奥の座敷からはぼそぼそとした話し声が聞こえたが、その手前の部屋へ通された。

庭に面して連なる座敷は、普段全て襖《ふすま》を開け放し風通しをよくしている。だが今日は声のする部屋とここの間には花鳥の描かれた襖で仕切られていた。

普段なら座敷に上がっても正座なんかしやしないのに、大倉さんが正座をするから自分もそれに習う。

話、長いんだろうか。正座って足が痺れるから苦手なんだよな。

「本日の来客は、柴舟様の仕事上の知り合いの方で、イギリスの方でございます」

「外人ですか?」

「そうですね、イギリスの方ですから」

…にこりともせず頷かれると恥ずかしい。そうだよな、今イギリス人って言ったじゃないか。

「あの、それでどうして俺がここで聞いてた方がいいんでしょうか?」

「帯刀様は初音様とは長くお付き合いがございますし、これから先もご一緒いただくなら早い内に色々知っておいていただいた方がよろしいだろうと」

自分が初音と恋人であることを柴舟さんが知ってるとは思わない。だがまあ中学の時からずっと一緒にいるんだから、このくらいの信用は勝ち得ているだろう。

にしても、そこまで身内に信用されると面《おも》はゆいところもあるのだが。

「初音様のお仕事は、ご存じの通り常人にはすぐに理解しかねるものです。ですが、初音様自身は疑われることや好奇の目を向けられることに耐えられません。ですから、この仕事にご理解いただけて初音様に好感を抱いて下さる帯刀様は、大切なご友人、ということでしょう」

「…それはどうも」

けなされるとすぐ怒るタイプだが、褒められると居心地が悪くなる。だから、こういう丁寧で礼儀正しい人が苦手なのだ。

「長くお付き合いいいただくためにはゆっくりとで結構ですが、全てを知っていただいた方がよろしいでしょう」

「はあ」

俺達の会話が止むと、隣室の会話は細々とではあるが耳に届いて来た。

聞き慣れた初音の声と響きの似た柴舟さんの声。それと比べるともう一つの声は大きいものだった。しかも外国人特有のイントネーションがある。

「…ツカッタことはアリマセん。ツカイ方わかラないものですから。ですが、柴舟サン、これ香炉《こうろ》ダと言いました」

「香炉です。毬《まり》香炉と呼ばれる物です」

「マリ?」

「ボールですよ」

「オオ、イエス。ボールね。そのボールを、グランマはとても恐れていまシた。ですからそれには幽霊いると思います。幽霊でも家族です」

自分には想像もつかない会話。

どうやら、外人の持ち込んだ『毬香炉』なる品物に幽霊が憑いてるから何とかして欲しいという依頼のようだ。

だが、初音がするのはその人の持っている記憶や感覚を、嗅覚で呼び起こすというものだろう。品物を持って来ていきなり取り憑いてる幽霊を何とかしろって言うのは無理なんじゃないか？

「ジャコウが入ってるのはわかりますが、幾つか混ざってますね」

「桂心《けいしん》も少しあるんじゃないか？」

「ええ、あと龍脳《りゅうのう》かな」

この辺りの会話は全くわからないな…。

「暫くお預かりしてから、ということでもよろしいでしょうか」

「よろしいです。私、来月英国帰りマス。それまでにゼヒお願いします」

「わかりました。では、それまでに」

きぬ擦れの音がして、隣室から人が発つ気配がする。

隣にいた大倉さんもすいっと立ち上がった。

見下ろすようにして、一礼し廊下へ続く襖を開ける。

廊下には丁度隣室から出て来た柴舟さんと来客の外人の姿が見えた。

背の高い、中年のがっしりとした身体のイギリス紳士の向こうを行く柴舟さんがこちらに気づいて軽く会釈を送って来る。

挨拶に行くべきだろうか?

柴舟さんだけならそうするべきだろうが、曰《いわ》く付きの来客が一緒なら自分は顔を出さない方がいいかも知れない。

それに、たったこれだけの短い時間だというのに、足が痺れて上手く立ち上がることができなかった。

「帯刀くんによろしくね。また家の方にも顔を出すように言っておいて」

「うん」

「それじゃ、おいとましましょうか。さ、ミスター」

玄関の引き戸が開き、閉まる音がする。その音を聞いて、やっと俺は肩の力を抜いた。

「悪かったな、帯刀」

からり、と音がして襖が開き、会いたかった初音が姿を現す。

来客用の着物を着た姿は、久しぶりに見るせいもあって目に艶やかに映った。

女のように美しいが、女のように弱くはない。

と顔を上げた強い瞳はまぎれもなく男のそれだ。そのしっかりとした男らしさを持っている彼を、自分は愛しいと思うのだ。

本当ならすぐに立ち上がり、抱き締めてやりたいところだ。だが、足が痺れていてはそうもできないから黙って手招きする。

「何？」

呼ばれて歩みより素直に膝をついた初音の身体から漂う、よい香り。

「会いたかった」

その香りを抱き締めるよう、柴舟さん用の高そうな着物に皺を付けないようそっと腕を回して身体を抱く。

「お前に飢えるくらい会いたかった」

自分のすぐ横で白い初音の頬がさっと赤く染まるのが見えた。

「何言ってるんだ、ばか」

照れた初音の頬がぱん、と軽く俺の膝を叩く。途端に俺は声を上げて引っ繰り返った。

「ぎゃあ！」

痺れのとれかけた足を叩かれれば誰もがそうするように。

「な、何？　ケガでもしてるのか」

「足、痺れて…」

「…ばか。あ、『たねや』だな」

「菓子より俺の心配しろよ」

「痺れて死ぬヤツはいないよ。今お茶淹れてやるから這いずってでも隣へおいで」

鈴を転がすような声とまでは言わないが、耳に心地よい初音の声が笑いながら離れてゆく。

さっきまで客人のいた部屋との襖を大きく開け放すと、赤い木のテーブルにくすんだ若草色の座布団が添えられた方からは強い芳香が漂って来た。

多分、お香を焚いていたのだろう。

部屋に籠もった香りを流すように窓を開け放つ彼の背中に目をやると、テーブルの上に置かれたままの物に目が留まった。

「日本茶だな、やっぱり」

「ああ」

ずるずると隣室に這ってゆき、テーブルに腕を掛けて身体を支える。じっと眺めてしまうそれは、初めて見る物体だった。

桐の箱の中、白い綿布団の上に鎮座しているのは、確かにボール型のものだ。薄い金属製で、模様が網のような透かしになっている。

だが単なる網目ではなく、よく見ると抜けているのは雲形の一部で、そこには鳳凰《ほうおう》らしい鳥と花が描かれている。

毬香炉とはよく言ったものだ。確かに大きさも掌に乗るくらいだし、少女の使う毬のようだ。

「初音、これ触ってもいいか?」

台所でお茶を淹れている初音からは『壊すなよ』という許可が降りたので、先客のへこみの残る座布団に腰を乗せ、本格的に手にとってみる。

香炉は、ちょうど球体の真ん中、地球の赤道の所に筋があって、上下を持って軽く捻るとパカッと二つに割れた。

上半分は空っぽの半球だが、下半分には大きな皿が付いている。それは触るとゆらゆらと揺れた。

「がんどう返しと言うんだ」

指で皿を揺らしていると、茶を入れて戻った初音から声が飛んだ。

「『がんどう返し』?」

「時代劇でよく役人がたいまつの入った鉄製のメガホンみたいなものを持ってるだろう。あれを『がんどう』と言うんだ。どう傾けてもその皿が引っ繰り返らないようになってるのさ」

「へえ」

なるほど、香炉は完全な球形だ。普通の皿では左右に揺れただけでも中身が零れてしまうだろうが、これなら…。

けれど何だって火を使うものがこんな不安定な形をしているのだろう。

「なあ、香炉ってことはこの皿の上で火を使うんだろう？　だったらこの毯に足とか付いてないのか？」

差し出されたお茶に手を伸ばしながら聞くと、初音はテーブルの向こう側で答えた。

せっかくなんだから、隣に座ればいいのに。

「毯香炉っていうのは普通掛《か》け香《こう》といって壁に掛けておくものが多いんだ。だがそれは掛《かけ》紐《ひも》を通す場所もないから、多分袖《そで》香炉だったんじゃないかな」

「袖香炉？」

「昔の人が着物の袖や袂に入れておくものさ。そうすると身体からいい香りが移るんだ」

「袂に？　よく落とさないな」

「昔の人はお前ほど行動的じゃないのさ」

蓋を戻し、渋いお茶をすする。

初音は俺が持って来た菓子の箱を嬉しそうに開けると、早速持って来た皿にそれを並べた。

こういうところが、俺と初音のお育ちの差だな。俺なら箱から摘まんでそのままパクつくのに。

「で、これに何が憑いてるんだって？」

俺のその質問に、初音の笑顔が少しだけ歪んだ。

隣の部屋で聞いていたのはわかっているだろうから、『何でそんなことを』とは言わないが、俺が仕事のことに口を挟むのはあまりよしとはしていないのだろうか。

「まあ、言いたくなけりゃいいんだけどよ」

「言いたくないわけじゃないよ。ただちょっと面倒だな、と思ってるだけさ」

「面倒？」

「これに何が憑いてるかわからないけれど、あまりいい感じがしないから」

「ふうん」

菓子に手を伸ばし、もう一度初音を見る。

話を聞いて欲しそうかな、それとも触れて欲しくなさそうかな、と伺ってみる。

初音の形のよい唇は菓子を食べることに忙しく、こちらが読むべき表情を作ってはいなかった。

「さっきの人は、ジェラード・ウェストークというイギリス人で、彼のお祖父さんが日本人の花嫁を娶ったんだ」

おや、どうやら話してくれるつもりらしい。

俺はやっと痺れのなくなった足を胡座《あぐら》にし、真面目に話を聞く態勢をとった。

「この香炉はその花嫁の嫁入り道具の一つらしいんだけどね」

「じいさんの花嫁ってことは何時《いつ》ぐらいの話だ？」

「大正《たいしょう》かな。ハッキリはわからないけど」

「それで?」

初音の話はこうだった。

さっきの外人のじいさんが、日本人の嫁をとった。当時としては珍しく、鳴り物入りで祝福された結婚だった。ところがこの女性は結婚して一年もたたないうちに亡くなってしまったのだ。

じいさんは本国に帰る時に彼女の持ち物を(彼女を本当に好きだったからか、日本の道具に興味があったからかはわからないが)持ち帰り、本国でイギリス人の女性と結婚しなおした。

ところが、その新しい嫁さん、つまりあの外人のばあさんが偶然この香炉を見つけて飾ったところ、すぐ病気になり亡くなった前妻の幽霊を見たというのだ。

もっとも、それはしごく怪しいもので、亡くなった日本人は西洋風に髪を結って洋装だったのに、彼女が見た幽霊は着物だったというのだから。

ともかく、彼女はそれでこの香炉を深く仕舞い込むことにした。

それを今度は何も知らない彼の母親が去年見つけだし再び部屋に飾ったのだ。

そして彼女は今年亡くなってしまった。

「でもそのオフクロさんの死因は怪しいものじゃなかったんだろう?」

「ガンだってさ」

「じゃあ関係ないんじゃ」

「本人もそう思ってる。ただ縁起《えんぎ》が悪いからお墨付きが欲しかったんだろう。これが何であるかもわからないから知りたかったってこともあるみたいだし」

「除霊とかするのか？」

「まさか」

初音はけらけらと笑った。

「俺がするのは、ただこの香炉で使われていたお香を探り当てるだけだよ。そうして香炉が使われていた当時のようにして、何て言うのかな…、物の気持ちっていうか、これに憑いてる妄執《もうしゅう》を安定させるだけさ」

「ふうん。じゃああれだ、物のサイコセラピーみたいなもんだな」

「何だよ、それ。でも箱書きもちゃんとしてるし、品物はいいみたいだから、持ち主が気分をすっきりさせて使いたいって言うんならそうした方がいいと思うしね」

「毬香炉か…」

俺はもう一度その香炉を軽く指で弾いた。

多分、俺なんかの稼ぎでは一生買ってやれないような骨董品なんだろうな。

「使うところ、見せてくれよ。この機会を逃したら一生縁がなさそうなもんだからな」

「いいよ」

「で、何とかなりそうか？」

「何とかね。そんなに難しいことじゃないと思うよ。ただ…」

「ただ？」

「この香炉の形がちょっと気になってはいるんだけどね」

だがそこで初音が言葉を切ったから、俺の意識も別の方に移った。

彼の仕事に興味もあるし、この香炉も面白そうだが、今の俺はもっと気持ちが惹かれるものがあるのだ。

「なあ、取り敢《とあ》えず仕事はこれで終わりなんだろう？」

「え？」

足の痺れはもうみじんも残っていないのに、俺は立ち上がらずテーブルの向こうにいる初音に向かってにじり寄った。

「今回の仕事は取材付きで、ここへ来るのは久々なんだぜ」

「ん？　ああ、そうだな」

「仮にも恋人に昇格させてくれたんなら、会って嬉しいとかって抱きついて来てくれたりしないわけ？」

「…何、それ」

「こっちが『何それ』だよ。俺はずっと取材の間もお前に会いたいと思ってたんだぞ」

頬を染めて、少し怒った顔をして、それでも逃げないでこちらを見つめる顔。

「お前いくつになったんだよ、壮」

「お前と同じ歳だろ」

「いい歳して何を子供みたいなこと言ってるんだ」

「子供みたいじゃないだろ、恋人らしいことだろ」

手を伸ばして、袖からのぞく細い指に触れる。

ピクッと震えた白い指は一瞬逃げようとしたが、それより先に強く握って捕らえるとおとなしく手の中に収まった。

「暫くは取材もないし、毎日ここへ来るよ」

「菓子持って？」

「お前が持って来いって言うなら」

「…そんなもの、いらない」

拗ねたように逸らされる視線。

友人なら、ただ笑って見交わすだけだった。けれどもうそうではないから、その逸れた視線が愛しい。

「お前みたいな稼ぎの悪い人間が、一々《いちいち》手土産《てみやげ》のことなんか気にしてたら来るに来れなくなるだろう」

鈍い自分にもこれくらいはわかる。

土産を気にして訪れる回数を減らしてくれるな、と言ってるんだろうと。

たとえ自惚《うぬぼ》れから来る誤解だとしても、そう解釈する方が気分がいいから、俺はそう取ることにした。

「初音」

握った手を引っ張ると、細い身体は簡単に手に入る。

「好きだ」

その返事は聞けなかった。

必要もなかった。

返事を口にするべき唇が自分に柔らかな感触を与えたから。

それだけで、彼が自分に『好きだ』と答えるのと同じことだから。

俺はすぐにテーブルの上の香炉や彼の兄達のことも忘れ、その柔らかいものに夢中になった。

「初音」

持って来た菓子よりも上等で甘い唇は、何よりも自分にとって大切なものだったから。

開けた窓から冷たい風が吹いて来る。

その風を避けるように、俺はテーブルのこちら側へ初音を引き倒した。

気位の高そうな顔が、ふいに子供のように頼りなげな顔に変わる。

自分のように体格のよい男にのしかかられては誰だってそんな顔になるのだろうが、表情の中には甘やかさがある。

彼の、この強さと弱さの混ざったところが、俺は好きなのだ。

一人でも大丈夫と胸を張る背中を、抱き締めてやりたくなるのだ。

口づけて、長い髪に触れ、それを指にからませる。

「真っ昼間から何するんだ…」

「聞くなよ、照れるだろ」

崩した足で乱れた裾に手を差し込み、自分のすね毛だらけの足とは違う滑らかな脚に触れる。

指が上がると初音が身をよじる。

閉じた内股に無理に指を入れると、赤い顔をした初音が激しく首を振った。

「せめて奥の部屋へ…」

消え入るような恥じらいの声。

「我慢できない」

「壮」

「好きなんだから止まらない。誰もいないし、用事もないし、我慢する理由なんか何もないだろう?」

「…恥ずかしいって気持ちはないのか」

「ない」

きっぱりとした俺の口調に、初音は口をへの字に曲げた。

その時、何かの拍子でテーブルの上の物が音を立てた。

カタンという音は静かな部屋に大きく響くと、初音はそれが救いであるかのように俺を突き放して身体を起こした。

「机を蹴ったな」

「蹴ってねぇよ」

「香炉が落ちてる。ちゃんと元に戻さなかったんだろう」

「…かも。すまん」

「がっつくからだ」

初音は転がり出た香炉を元に戻し、木箱の蓋を閉じると、ついっと立ち上がった。

せっかくいい雰囲気だったのに、夜までお預けかな。

ちゃんと戻したつもりだったが、他人様からの預かり物を粗末に扱ったと怒られるだろうか。

だが彼は俺にチラッと視線を落とすとくるりと踵を返した。

「奥へ行くぞ。ここで暴れられて何か壊されたら困るからな」

そんな言葉で俺を誘って。


甘い香りのする　身体を堪能した翌日。俺は彼の家で一日を過ごした。

いつも通り、昼ちょっと前に起きだし、彼の作ってくれた遅い朝食を食べながら庭を訪れる野良猫に初音が餌をやるのを眺める。

夏草の茂っていた庭はもう既に冬枯れが始まり、うっそうとしていた下草も茶色くうなだれている。

常緑樹だけがまだ庭に青々とした葉を茂らせてはいるが、かえってそれが風景を寒々しくさせていた。

午後には、何をしているのかはわからないが色々な木のクズみたいなものを小引き出しから取り出しては匂いを嗅ぐ初音の横で、彼の家にあった本をパラパラとめくった。

それはお香の本で、俺には難しいものだったが、今まで『わからないものはわからないままでもいい』と思っていた彼の周囲のことを、もう少し理解しようと務めたのだ。

もっとも、あまり成功したとは言えなかったが…。

「ここから会社に通うのか？」

と、どこか不安そうな響きを含む彼の問いかけに一瞬答えを渋る。

本当は初音に仕事が入っているとわかったから、アパートの方に戻ろうかと思っていたのだが、これはいて欲しいと思われているのだろうかと悩んだのだ。

俺は畳の上にごろりと横になったままタバコに手を伸ばした。

「いてもいいならいたいな」

「追い出したことなんか一度もないだろう」

寒いのに、初音の手が細く窓を開ける。

香を扱うこの家でタバコが歓迎されないのはわかっているが、ついクセで一本口にくわえてしまう。

まあ一本くらいなら文句は出ないだろう。

「初音は優しいから、我慢してるってこともある」

「そんなふうに思ってるのか？」

「冗談だよ、お前がそんなにしおらしいとは思ってない。面倒だと思ったらホウキで叩き出すだろう」

「そんな酷いこと、するもんか」

俺は笑った。

「わかった、暫くやっかいにならせてくれ。どうせ次の仕事はそんなに難しいもんじゃないし、できればお前に少し話を聞こうと思ってたんだ」

「俺に話？」

「ああ、骨董品の話だから。俺にはどうもチンプンカンプンでな」

「そんなのまでやるのか」

「頼まれれば何だってやるよ。一番楽しいのは旅行記だがな」

「いい身分だな」

ぷかり、と吐いた煙が輪を作って上ってゆく。

ゆったりとした時間。

ほんの少しだけ初音が変わった仕事をしているだけで、他には何も特別なことのない二人だから、このまま静かな時間を続けていけるだろう。

自分の仕事だって、普通のサラリーマンに比べればちょっと特殊だが、普通の日々を送ってるじゃないか。

だから、彼の仕事も変わってはいるが、別に自分達の間では意識するほどのものじゃあないだろう。

「朴念仁《ぼくねんじん》のお前にも、いい夢を見せてやるよ。タバコを消せ」

と言いながら、初音がお香のセットを取り出す。

名前も知らないママゴトのセットのような品物を取り出し、目の前に広げる。

装飾の入った香炉の中に豆みたいな炭で火を入れ、盛られた灰を奇麗に鋤《す》いてその上に小さなガラスのようなものを乗せる。

「ガラスを使うとは知らなかったな」

「違うよ、これは雲母《うんも》の板さ。銀葉《ぎんよう》と言うんだ。この上に香木《こうぼく》の破片《はへん》を乗せて、柔らかな熱で木を暖めて香りを出すんだ」

数種類の木片、俺にしてみれば単なる木屑みたいなものがぽろぽろとその銀葉の上に乗せられる。

やがて香炉からは甘やかな、それでいて少し刺激を伴う香りが漂い始めた。

「こっちへ来い」

今まで、俺がどんなにここへ通っても、彼は自分にお香を聞けと強要したことはなかった。

むしろ、俺が香に興味がないことを喜んでいるようだった。

それはきっと初音の仕事が特殊で、俺がそれに深くかかわって『変だ』と思うことを恐れていたのだろう。だから何となくはわかっていても、実際彼がどんなふうにその仕事を行うかはわからなかった。

つい先日、自分が事件に引き込まれて彼のやっかいになるまでは。

「香の十徳《じっとく》という言葉が香道にはあるんだ。つまり、香りには色々効用があるということだな。感は鬼神に格《いた》る。心身を清浄にす。能《よ》く汚穢《けが》れを除く。能く睡眠を覚ます。熱中に友と成る。塵裡《じんり》に閑《かん》を偸《たのし》む。多くして厭《いと》わず、寡《か》して足れりと為《な》す。久しく蔵《たくわ》えて朽《く》ちず。常に用いて触《さわ》りなし」

「…簡単に言ってくれ」

「悪い物を退け穢《けが》れを祓《はら》って、身体も心も清らかにする。日々を楽しく過ごさせてくれる。多くても少なくてもよし、長くおいといても平気、毎日使っても大丈夫、みたいなことだよ」

香りが部屋に満ち、少しだけ残っていた俺のタバコの匂いが凌駕《りょうが》される。

最初甘かった香りは立ち込めるにつれて爽やかなものへと変わっていった。

「目を閉じて」

言われるままに目を閉じ、深くその香りを吸い込む。

引っ繰り返ったままでは悪いと思い、起き上がって正座をする。

瞼の裏の闇の中に、残像のような赤い光が明滅する。

「学生時代を思い出さないか?」

初音のその言葉がきっかけになって、ぼんやりとあの頃を思い出す。

そうだ、この香りはあれだ。高校の時の渡り廊下の横にあった木の匂いだ。五月になって、日差しが強くなる頃になると、この爽やかな香りに何度も足を止めることがあった。

何という名前かはわからないが、みかんのような実がなっていたから柑橘《かんきつ》系の木だったのだろう。

香りを深く吸い込むと、頭の中にぼんやりと浮かんだ風景がくっきりとした映像になり、色が付く。

匂いが五感を刺激して、想像の世界が現実味を帯びる。

渡り廊下の古いすのこの匂い。乾いた中庭の土、上履きの布とゴム、制服の埃っぽさ、木と草と、それらを全て混ぜて薫ってくる風の匂い。

一つの香りが一つの情景を生み出し、記憶の中から呼び起こす。

そうだ、この匂いはあれだ、と思った瞬間に頭の中にその物体が描かれる。そして全ての舞台が整うと、その舞台で行われた一番思い出深い出来事が脳裏に浮かんだ。

そうだ、あの渡り廊下で、みんなであの実を取って食べたらどうかという話になったんだ。そして一番ガキだった俺がその役を買って出て、あの細い木に登ったのだ。

初音もそこにいて、危ないとしきりに心配していた。

食ってみると苦かったが、結構食えなくもなかった。

それをみんなに投げて、初音にも投げてやった。すると初音は少し戸惑いながらそれを齧《かじ》り、酷く苦そうな顔で『よく食べたな、こんなの』と言った。

そして、ふわっとした笑みを浮かべたのだ。からかうように、しょうがないなというようにに。その笑顔が、とても『可愛い』と思ったのを覚えている。

だが夢はそこで終わりだった。

「帯刀」

現実の初音の声にハッと目を開ける。

もちろん、そこは高校でもあの渡り廊下でもなく、初音の家の座敷だった。

「…凄いな…」

「何が見えた？」

「高校の時の渡り廊下。そうか、みんなこうやってお前のところに夢を見に来るんだな」

香りが記憶を引き出すなんて、そんなに大層なことだと思っていなかった。そうそうこんな匂いだった、程度のことだと思っていた。だが、これではまるで映画を観たようじゃないか。

香水や、コロンのように一つに完成された香りじゃなく、その場で合わせられ、香が焚き進むに連れて様々な香りが生まれる複雑な『お香』だからなのかも知れない。

「うん、うん。これならみんなお前のとこに来たがるはずだ」

「不思議な仕事だと思うか？」

『うん』と答えようと彼を見た俺はこちらを見る初音の瞳に不安げな色を見た。

「いや、おもしろいもんだと思った」

こんなに、ずっと一緒にいて、こんなに好きだと言っているのに、こいつはまだ不安なのか。

柴舟さんは、それがわかって仕事のことを知り始めた俺に、全てを教えようとしてたのかな。

こいつも、もう一歩自分を踏み込ませようとしてこんなことをしたんだろうか。

「俺は、不思議なことはわからないけど、凄いと思ったよ。もっと早くに教えてもらえばよかったな」

何気ない口調で言いながら、俺は思った。

人の心はわからない。

どんなに長く付き合っていても、どんなに平気そうに見えても、心の中では何かに脅えたり恐れていたりするものなのだ。一つの出来事は、色々の方向から見た姿がある。

仕事のことなど気にしないでその場から離れていた俺には、何も言わず笑っていた初音でさえ、俺にそのことを説明しようとすると笑顔を消して不安げな顔をする。

たった一歩、前へ出ただけで彼が自分に見せる彼がこんなに違ってしまうなんて、考えもしなかった。

仕事のことを伝えるにしても、『こういうのなんだ』と笑って言うと思っていたのに。

「なあ、俺、ふっと思ったんだけど。昨日の香炉の幽霊、生きてる時は洋装だったのに幽霊になったら和服だったたって言ってただろ?」

「ああ」

「ひょっとしたら着物を着てたかったのかもな。他の人にはわからなくても、実は心の中では純和風な女だったのかもよ。幽霊って、そのまんまが出てくるんじゃなくて、その時の気持ちが姿になるんじゃないのか」

「そうだな、歳をとってから亡くなっても若い姿で現れることもあるし…」

「ひょっとしたら、その女性は日本にいたかったのかも」

「残念でした。結婚したのは日本で、亡くなったのも日本だから『日本にいたかった』は通用しないよ」

「じゃあ、イギリスに持ち出された香炉が日本に帰りたかったたっていうのは?」

「う…ん、それならありえるかな。壮にしては悪くない考えじゃないか」

本当の気持ちは誰にもわからない。恋人でも、親兄弟でも。

特に俺のように何でも口にするタイプではなく、初音のように全てを己の内に秘めるタイプは。

「初音。俺は、お前が幽霊と暮らしてても離さねぇぞ」

「…何言ってるんだ、突然」

それなら俺にできることは一つしかない。

「お前が祈祷師《きとうし》でも、霊媒師《れいばいし》でも、陰陽師《おんみょうじ》でも、初音に変わりはないんだからな」

いつも、自分の本音を正直に口にして伝えるだけだ。

気にするなと言っても無駄だろうから、気にしてないという気持ちを声に出してやる。

それが嘘でないことだけはわかってくれるだろうから、手を伸ばして、何度もその身体を抱いてやるだけだ。

「真っ昼間っから暑苦しい」

肌寒い空気の中で、そう言って恥じらいながら手を払いのけられても。

「いいじゃねぇか、俺がしたいんだから」

と言いながら。


「骨董品に詳しいって言うから、帯刀《たてわき》さんが詳しいのかと思いましたよ」

情けない声を出すのは今回の仕事の相棒になった南原《なんばら》だった。

「詳しい人間を知ってるって言っただけだぜ」

「幽霊に詳しい人を知ってるんじゃないんですか？」

俺の答えに更に南原の顔が情けなくなる。

今年大学を卒業したばかりだという彼は、すがるような目で俺を見た。

「それも違う。俺が幽霊に興味があるって言っただけだ」

簡単な仕事があるがやってみるか、と言われて行きつけの出版社へ顔を出したのは初音の家へ転がり込んでから二日目のことだった。

本当はすぐにでも顔出ししようと思っていたのだが、急ぎじゃないということもあったし、初音と過ごす時間が心地良かったのでつい後回しにしていたのだ。

そして出版社へ出向くと、依頼されていた仕事にはもう一つのオマケが付いていた。

この南原という新人を連れてってくれ、というのだ。

「鹿島《かしま》先輩が以前組んだことがあって、幽霊を怖がらないって聞いたんですけど、それも間違いですか？」

「いや、そいつは本当だ。あんまり怖いって気はしないから」

「よかった…、俺本当にダメなんですよ、そういうの」

「だって別に触ったり叩いたりするもんじゃないだろう？」

「そんなことないですよ。取り殺すってこともあるじゃないですか、牡丹灯籠《ぼたんどうろう》みたいに」

「オマエ、弱虫?」

「酷いなぁ、俺、見る体質なんですよ」

「…ふーん」

「あ、何です、その目は。すぐみんなそういう顔するんですよね。でも本当に見るんですってば、金縛りもあうし。だから今回の仕事したくなかったのに」

「ああ、いるいる、そういうヤツ」

「信じてないんですか?」

「違うよ、俺にはわかんねぇってだけさ。幽霊なんか…、縁がないからな」

半分の嘘を言いながら、俺は車の助手席から視線を外に移した。

幽霊の話をしてはいるが、今回の仕事は幽霊の仕事、というわけではなかった。

ありがちな話だが、『曰《いわ》く付き』の骨董品の写真を撮って、その由来などを書くのだ。なるべく怪しそうに。

昨今は怪奇ブームなのか、夏はとうに過ぎたというのにこの手の仕事がポツポツとある。そのものズバリというものは少ないが、それっぽい物ならいくらでもあるものだ。

以前、自分が見た幽霊のことを調べるために幽霊絵の仕事を受けたことがあった。まあ、大した仕事ではなかったのだが、どうやらそれが有名なもので、みんなが嫌がるものだったらしくそれを平気でやってのけた俺に似たような仕事が回って来るようになってしまったのだ。

別に幽霊なんか怖くないからどうでもよかった。

南原に言ったように、信じていないわけではない。初音の側にいるのだし、一度はそれと遭遇したのだから存在は信じている。

だが、それも感じやすい初音が側にいてのこと。そういうことに全く疎い自分が一人でいてもそういう類いのことに遭遇するとは思えなかった。

だからある意味安心なのだ。

「行き掛けに、お札貰ってっていいですか？　友人がここのは効くって教えてくれたところがあるんです」

「ああ、いいぞ。ついでに俺も貰っとくか」

だが南原は違うらしい。

本人曰く、自分は幽霊など見たくないと願っているタイプなのに、何故か見てしまうらしいのだ。『俺は幽霊を見るんだ』と力説するタイプは苦手だが、これくらいなら可愛いもんだろう。

ただ彼はうるさいほど今回の仕事を酷く嫌がっていた。また幽霊を見るかも、と心配しているのだ。

幽霊なんて、そんなに見るもんじゃないと思うのだが…。

「お前、幽霊のこととか詳しいのか？」

「今時の高校生くらいには」

「今時の高校生ってのは詳しいのか？」

「…帯刀さんって、本当に幽霊のこと知らないのか？」

「ああ」

「じゃあ『つくも神』とか『猫又』とかも知らないんですか」

「知らん」

「自縛霊とか浮遊霊とかは？」

「マンガで読んだ」

「あーあ、どうして俺にこんな仕事が回って来ちゃったのかなぁ」

結局、南原は目的地に着くまで、そのぼやきを止めることはなかった。日暮里《にっぽり》近くのお寺でお札を貰い、骨董品を見せてくれる旧家に到着するまでずっと。

「この平蒔絵《ひらまきえ》の硯箱《すずりばこ》は江戸中期のもので、裕福な商家で使われていたものです。この表面の黒い染みは血だと思われますが、持ち主の商家の主《あるじ》が非業《ひごう》の死を遂げた時に付いたものだと言われています」

「非業の死というのは？」

「わかりません。ただ盗賊に入られたのではと言われてます」

「で、何か不思議なことが起こるんですか？」

「持ち主の家にどろぼうが入る時には硯に赤い墨が溜まると言われてます」

「で、見たことは？」

「うちはまだどろぼうに入られたことがありませんので」

「はあ…。じゃあこちらは？」

「脇息《きょうそく》です。いわゆる殿様なんぞが肘をつく用具です」

「アイロン台みたいですね」

「アイロン台ではございません。おしまづき、わきつき、ひじ掛けなんぞとも申します」

「それで言われは…？」

「幕末の時代に勤王《きんのう》の志士が使っていたものです。そこの傷が新撰組に切り込まれた時の刀傷と言われてます」

「…新撰組ですか」

訪れた旧家にあったものは、骨董品というにはもう一時代足りないようなものばかりだった。

屋敷は敷地も広く、こちらも歴史を感じるには中途半端に古いが大きな家で、品物を見せてくれた老婆は背筋をしゃんと伸ばし応対もよい人だったが、どうも出してくれる品物は眉ツバな曰くが多いようだ。

一見するとそれっぽいのだが、由来は確証のないものばかり。

染みだの傷だのがついて骨董品としては価値のなくなってしまった品に、それらしい説明が付いてるだけと言った感じだ。

「帯刀さん、これじゃ記事になりませんね」

一通りの説明が終わり、ごちゃごちゃと物の多い応接間のソファに身を沈め、老婆が出してくれたお茶をすすりながら、南原はまた情けない声を出した。

どうやら彼は情けない顔が地顔で、情けない声が地声のようだ。

「何とかなるさ」

「何とかって、嘘は書けないでしょう?」

「そりゃ嘘は書かねぇな」

「じゃ、どうするんです?　あのボロボロのひじ掛けが新撰組と勤王の志士の形見って書くんですか?」

「そうだとは言えないが、そうじゃないとも言えないだろ。そこんとこは上手くやるんだよ」

「どうやって?」

「そりゃ、『現代では使われなくなった脇息だが、古い歴史を感じさせる。これに残る傷は刀傷と言われているが、壮大な歴史ロマンの秘められた一振りが打ち下ろされたのかも知れない』とか何とかだな」

「へえ、凄い。帯刀さんってどう見ても筋肉隆々《りゅうりゅう》の体育会系なのに、文才あるんですね」

「…あのな」

老婆はまだ見せたいものがあると言って奥へ引っ込んでいたが、今度は青銅《せいどう》の香炉を持って現れた。

「…今度は何て言うんでしょうね」

「わからん。だが香炉なら少しは話に付き合えるな」

「そうなんですか?」

俺は少しだけ自信ありげに身を乗り出した。

「立派な香炉ですね」

老婆が皺だらけの顔をくしゃと歪めて笑顔を作る。今日初めての彼女の満面の笑みだった。

そう言えば、俺達が彼女の見せてくれた品に興味を持ったのも初めてだ。

たとえ眉ツバのものが多いとはいえ、これは失礼だったたな。

「俺、香炉は好きなんですよ」

「おや、そうですか。それはよろしい。これは大名《だいみょう》香炉というんですよ」

「大名香炉って言うと、大名が持ってたってヤツですか？」

「そうです」

「箱書きとかないんですか？　そういうのがあると由来がわかるんでしょう？」

「そういうものは骨董品として価値を求めるものですね。あなた方がお求めの『曰く付き』の品には関係ないものですね」

なるほど。

では彼女はわざと怪しげな品ばかり見せてくれていたわけか。

「こんなに『曰く付き』の物ばかり集めて、怖くなることはありませんか？」

「ございません。そういうものは、『思い』の残っているものですから、確かに『人』が使っていた証しでしかないと思います」

「『人』が使っていた証しですか…」

「まあ『もののけ』は怖うございますね。正体がわかりませんから。でも、幽霊もご近所の方も、自分以外の他人という点ではあまり変わりはございません。今時はただ歩いてるだけで意味なく人を殺す人もいますが、幽霊なら恨む理由が必ずあるものです」

「そりゃそうですね、意味なく幽霊になるっていうのは聞いたことがない」

「同じ他人なら、はっきりと感情や考えがわかる者の方が理解しやすいんじゃありませんか?」

「うーん、そうですね。こりゃ凄い考えだ、ぜひその言葉、使わせて下さい」

乗り気の俺の隣で、南原は軽いタメ息をついた。

こいつはダメだな。気が弱いし、物事に対する興味が薄い。

何とか使い物になるように、とか言われたが、あんまり期待しない方がいいと編集長に言っといた方がいいな。

だが、女主人の方は興味がわいた。

見せられた品物はイマイチだったが、彼女の考え方は面白い。生きてる人間の悪意には理由がないが、幽霊には理由があるっていうのが特に。
三、四時間ほど話を聞き、品物の写真を撮らせてもらった後、俺達は感謝を述べてその家を後にした。
明日は近隣の寺に行くことになっているのだが、南原は既に拍子抜けしたという顔をしていた。

「腹、減りませんか?」

という誘いに、近くの蕎麦屋《そばや》に車を寄せる。

トラック相手らしい駐車場はデカイが構えは小さい店に入ると、思った通り南原は不発だと感想を漏らした。

「何かもっとおどろおどろしいもんだと思ってましたけど、あれじゃ与太話《よたばなし》ですね。思い込みの激しい婆さんに付き合わされたって感じじゃないですか」

木のテーブルに置かれた益子の湯飲みにはぬるい番茶。

それでも水でないだけ上等だ。

「お前、どんなの想像してたんだ？　世の中『本物』の幽霊の憑いた品物がそんなに溢れかえってると思ってたのか？」

「そういうわけじゃないですけど…。以前、鹿島さんが見に行った掛け軸は本物だったたってみんなが言うから…」

「あれはお寺さんが供養してる、全国から集められた選りすぐり。言わば、幽霊のサラブレットみたいなもんだ。個人が自分で手に入れてるものなんて、俺達に真偽がわかるはずもないだろう」

「でも、俺にもピンと来ませんでしたよ」

「お前がピンと来るかどうかは俺達の仕事には関係ない。それに、お前の『ピン』にどれだけ信頼があるって言うんだ」

「だって、俺見たのに…」

見るだけなら自分だって見た。否定できないほどハッキリと。だが、本当に『見てしまった』人間は『見た』とは言わないものだ。

そう言いたかったが、この若造に追求されるのも面倒だからタバコをくわえてその顔に煙を吐きかける。

「煙、かかりますよ」

こういう文句だけは一人前なんだから。

「いいか、お前さんは誤解してるみたいだからよーく言っておくぞ。俺達の仕事は『本物』を捜し出すことじゃないんだ。『もしかしたら本物かも』って期待が少しでも持てるものを探して、読者にその期待を倍加して伝えるものなんだ。だからあれが本物かどうか、『ピン』と来るかどうかは二の次なんだよ」

「でもそれじゃ、嘘を書くってことですか？」

「ばーか、ニセモノじゃない。本物かもって物だ。そこんところが大切なんだ。お前、あのひじ掛けが本当に勤王の志士が使ってたものじゃないって証明できるか？」

「そんなの、できませんよ」

「それなら『使っていたものかも知れない』と書くのは嘘じゃないだろう。旅行記とか、体験記ってのはあんまり膨らませすぎると後で読者が確認をとれちまうから嘘になるが、こういうものは読み手の想像力をかき立てるものだから膨らましたっていいんだよ」

「はあ…」

「それと、お前あんまり幽霊見た、見た、言うなよ。それが嘘だとは言わないが、信じない人間だって多い。俺が…俺が今ここで俺も幽霊見たことあるって言ってもお前だって笑うだろうが」

「そんなことありませんよ、信じます。性格とか体格じゃなくて、幽霊ってのは見る人が見るもんですから」

「…そうなのか？」

「そうですよ。あのね、帯刀さん。誤解のないように言っておきますけど、俺は自分が霊能者だって言ってるわけじゃないんだすよ。俺だって、そんなもの見ないで済むなら一生見たくないんです。でも子供の頃からあるはずのない所に手が見えたり足が見えたりしちゃうんだからしょうがないんです」

「お前…、自分を嫌ってる人と一緒にいると気分が悪くなったりするか？」

もしかしてこのうるさい南原も初音と同じ体質なんだろうか？さほど繊細には見えないが…。

「何です？　それ」

だがその想像は違っていたようだ。そうだよな、あいつみたいな体質の人間がそうざらにいるはずがない。

ましてや、割り箸の握り方もちゃんとできてないようなガキじゃ。

「幽霊ってのは実体もないんだし、そんなに怖がることもねぇんじゃねぇか？」

「帯刀さんってば、身体だけじゃなくて考え方も体育会なんですね」

「何だと」

「幽霊ってのはそんなもんばっかりじゃないんですよ」

南原は、自分の知識を披露するチャンスとばかりに一席ぶちあげた。天ぷら蕎麦を食いながら。

「幽霊にだって実体や害があるものもあるんです。ポルターガイストって知ってます？」

「映画で見た」

「あんなふうに物が飛んで来て頭に当たったらケガしますよね」

まあな、と俺は頷いた。

「幽霊には害をなさないでそこにいるだけのものもあれば、敵意剥き出しでこっちに向かってくるものもあるんです。さっき帯刀さんに言った牡丹灯籠みたいに人を惑わせて殺すっていうのもそうですけど、幽霊が実体を持って人の首を締めるっていうのもあるんです。夜中に身体が重くて目を開けるとそこに人が乗ってたとか」

「でも触ったりはできないんだろ」

「そんなことありません。今こうして帯刀さんと一緒にいる俺が幽霊だってくらい実体のあるものだってあるんです」

「南原はそういう幽霊に会ったことがあるのか?」

だが、その一言にパンパンに膨らんでいた風船は音を立ててしぼんでしまった。

「いえ…、そういうのはないです」

まるで申し訳ないとでもいうように俯いてしまう。

「でも俺、ばあちゃんに言われたんですよ、『お前は見る子だ』って。見る人ってのは見たくなくても見ちゃうんです。見れない人が見たいと思っても見れないのと同じように。幽霊っていうのはですね、こっちの都合で来てくれたりどっか行ってくれたりはしないものなんです。だから、俺が現実主義で、幽霊が嫌いで、そんなもの見たくないって言っても、見えるものは仕方ないんです。見る人は一生見るんです。むこうが付きまとって来るんです」

最後の方は少し怒ったような口調で彼は言った。

「いいですか、帯刀さんだって一度でも幽霊見たら気を付けた方がいいですよ。必ずもう一度見ますからね。そういうもんなんです」

まるで予言のように。

取材は結局二日がかりで、その間ずっと俺はこの幽霊オタクみたいな南原に『幽霊とは』の講釈を聞かされ続けた。

おかげで話の半分も聞いてはいなかったのに、まあ何となく幽霊には色んな種類があることくらいは頭に入ってしまった。…望むと望まざると。

だがそんなことは今回の仕事には関係ないのだ。

見せてもらった品物のどれ一つとして本物の幽霊や、そのせいかも知れない物なんてなかったし、俺達の身に祟りもない。

俺が撮った写真にも怪しい影や光が映り込むなんてこともなかった。

ただそれっぽいガラクタ、もしくは骨董品があるだけだ。

そして俺がするべきことはこの写真と聞いてきた話をもとに、人目に触れないところにはまだまだ怪しい品物がありますす、と読者が怖がらない程度に焚《た》きつければいいのだ。

幽霊なんて、人の口にのぼるほど実体はないものなのだ。そうだよな、早々世の中に幽霊が溢れてたらこんなに『いる』『いない』の論争が起きるはずもない。

誰もがなれるってものでもないだろう。人はどんどん死んでるんだから幽霊の人口密度だって上がっちまう。

ツチノコと同程度、いや、それ以上に珍しいものだ。

俺は一度原稿の整理のために居心地のよかった初音の家から自分の狭いアパートに戻り、

見せてもらった品々の写真を見ながら適当な説明を付けることにした。

『幾人もの人の手を経たこの鏡は、既に映しだす物の形を歪めてしまうが、それがこれにまつわる不思議な力のせいでないとは、誰にも言えない…』

なんてことを。

原稿を書いてる最中はヘビースモーカーなので、あいつの家へ行くわけにもいかず、ワープロを前に風呂にも入らずキーボードを叩き続けた。

一応南原にも何本か書かせてみてFAXさせたのだが、今回はあんまり使える原稿はなさそうだった。

「いくらそう見えないからって、そのものズバリを書いちゃダメなんだよなぁ」

報道や論文は真実を書かなきゃダメだが、こいつは読み物だ。読み物は読者を楽しませることを考えなければ。

「南原はちょっと頭デッカチだな」

そんなに難しい仕事でもないから、調べ物もない。見せられた品物の正式名称がわからなくて、初音に何度か電話で尋ねる程度で済んだ。

原稿が終わり、依頼を受けていた編集部へ顔を出し、編集長に原稿を渡す。

女性向けの本なのにお前のは少し文が堅いな、と文句を言われてしまったが何とかOKを貰えた。

ついでに南原の評価を問われたが、答えは一つだった。

「まあ、これからの教育次第でしょうね」

「見込みはあるのか？」

「もう少し情熱が出りゃあね」

「今時の若いもんはクールだからなあ」

「ああいうのはクールとは言わんでしょう。冷めてるって言うんですよ」

初音から離れると、俺の生活は本当に普通のものになる。

馴染みの編集長と飲み屋に行って、仕事の話をしながらビールを流し込んでいると、静かな日本家屋で着物を着た恋人とお香を聞いていた自分が夢のように思えてしまう。

どちらかが現実で、どちらかが夢のような、そんな気分だ。

「今度またウチの仕事しないか？」

「幽霊はもういいですよ」

「お前はビビらないからいいんだよ。今度東京の心霊スポットの本出すんだけど、名前出しでどうだ？」

「俺の名前？」

「あともう一人くらいかな。いくらお前さんでも一人で二〇〇ページは辛いだろう」

「カメラマン付けてくれるんならやってもいいですけどね」

「そりゃ付けるさ。やってくれるんなら企画、出してみるぜ」

「そうですねぇ…」

「南原付けるよ」

「…それはお断りしときます」

親切のつもりだろうがそいつはご辞退申し上げる、だ。

「まあまあ、そう言うなって。今やりたい仕事はこれと言って入ってないんだろう？」

「この間一本終わったばっかりです」

「じゃあいいじゃないか」

「はあ…」

赤ちょうちんなんて、初音のヤツ入ったこともないんだろうな。

大学の時には何度かコンパに顔は出したが、それもせいぜいが居酒屋止まりだったし。こういう雰囲気も面白いから連れて来てやりたいのだが、この雑多な騒音は耐えられないだろう。

彼のいる生活といない生活。二つの生活の雰囲気があまりにも遠いから、こうして離れると無性に初音が恋しくなる。

髭面《ひげづら》の編集長と酌み交わしながら、頭の中の奥底に、まるでロウソクが灯るように彼の笑顔のイメージが消えない。

したたかアルコールを入れて、同じような酔っ払い達と電車に揺られてアパートへ戻る時も、その暗い部屋でぺしゃんこになった万年床に身体を横たえた時も、ずっと彼のことがどこかに浮かんでいた。

初音が、あの生活を孤独と思っているかどうかはわからない。

彼があの生活を辛いと思っているかどうかわからない。

けれど、自分にとってはあの生活は寂しいように思う。

太陽の下、仕事にかこつけて海や山へ出掛け、見知らぬ人と出会うことを楽しみ、身体の丈夫さにかまけて何にでも顔を突っ込み、酒を飲み、人込みで騒ぐ俺にとっては。

あの家を、初音に会いたくて訪れる者は一体何人いるのだろう?

俺、柴舟さん、柴舟さんの紹介してくれた客、庭の野良猫、…それから?

俺が転がり込んでいる時も、電話が鳴ったのは二回だけだった。

一度は柴舟さんで、もう一度は出入りのお香屋だった。

俺の部屋の電話だってそうしょっちゅう鳴るわけじゃないが、あいつの家よりは鳴っているだろう。家族、仕事の仲間、昔通っていた合気道の道場の仲間、学生時代の友人にバイクの友人。

友人と恋人の境目がどこにあるか、ハッキリとはわからない。特に俺みたいに頭の悪い男には。

ただ、友人だった時には『あいつにはあいつの生活』と思っていたことが、『あいつの生活は俺の気掛かり』と思うようになることなのかも知れない。

彼が、一人でいるかも知れないと思うことが『心配』ではなく『辛い』と思うことが恋なのだろう。

自分にできることは何でもしてやりたい。

それが望むことか望まないことかは、やってやってから本人に聞けばいい。

自分がこうして酔っていい気分でいる時に、あいつが何をしているのかと思うと、すぐにでもとんで行ってやりたい。

初音の好きな甘い物でも買って、またあの生け垣から声をかけに行こうか。

一人で庭先に来る野良猫を見ているあいつに、『俺がいるよ』と示すように大きく手を振って声を掛けに。

そんなことを考えながら眠りに落ちた翌日。昼ちょっと前に目を覚まし、酒のせいで少し重たい頭を抱えてごろごろしているとその初音から電話がかかってきた。

「お香、焚くから来るか?」

顔を見に行こうと思っていた矢先のことだ、断る筈もない。

「行く、行く」

「菓子を買って来るなら三人分にしてくれよ、今日は例の香炉の持ち主も来るから」

丁度《ちょうど》仕事も終わったことだし、シャワーを浴びて着替えたらすぐに行くと返事をし、俺はすぐに支度を始めた。

こんなにも、自分が初音を好きなら、もっとあいつにしてやれることがあるんじゃないかとぼんやり考えながら。


恋人は、客人のために着物を整え、俺を出迎えてくれた。

長い髪を両側一房ずつ前に垂らし、薄い浅葱《あさぎ》色に秋草を染め抜いた着物を着た姿は、人形のように奇麗だった。

「遅かったな、ウェストーク氏はもういらしてるぞ」

その一言がなければ玄関先でまた抱き締めてやりたいくらいだ。

「悪い、外人さんだから今日はケーキ買って来た」

「後で食べよう。冷蔵庫へ入れといてくれ」

初音の顔が近づいて、クン、と俺の匂いを嗅ぐ。

「今日はタバコを吸ってないな」

「ん？　ああ、まだな」

「香を焚くから終わるまでは禁煙だ。タバコは匂いがキツイから」

「おう、わかった」

初音に言われた通りケーキを冷蔵庫へ入れ座敷へ向かうと、既にテーブルを片付けた部屋には体格のよい外国人が座布団からはみ出すように座っていた。

「あ、どうも…」

何と挨拶するべきかと迷い、立ったまま会釈すると、フォローするように初音が俺を紹介してくれた。

「ミスター、彼は私の友人で帯刀《たてわき》と言います。物書きをしていて、この香炉にも興味があるというものですから、同席をお願いしたいのですが、よろしいでしょうか」

人のよさそうな外人は俺を見るとにっこりと笑った。

四十くらいかな、顎に蓄えた髭が年配に見せているが、手や首からのぞく身体は筋肉がしっかりしている。

「もちろん、ヨロしいです。どうぞ、どうぞ」

相変わらず変なイントネーションの日本語。

外来者に席を勧められるのは何だか変な感じだが、ウェストーク氏の勧めるまま、俺は彼の隣の開いた座布団へ腰を下ろした。

お香になぞ全く興味のない体格のよい二人を前に、初音は確か『打敷《うちしき》』とかいう奇麗な布の上へ蒔絵の道具箱を置き、中から細々とした道具を取り出した。

白い指が金属製の小さなサジやらピンセットを操るのを、俺達はただ黙って見ていた。

「ミスターから先日お預かりした品物は、こちらにある物と同じ香炉です」

傍らにある小さな火鉢からは微かな煙がたなびき、そこに火が起こされているのがわかる。

「これはおそらく毬香炉《まりこうろ》と呼ばれるものです。通常、このように丸い形のものは几帳《きちょう》、つまり衝立《ついたて》のような物の柱に掛けて用いる室内用の香炉が多いのですが、これにはそのための紐を通す穴が付いてません。ですから、少し大きいのですが、袖の中に入れて着物などに香を薫き染めるために使ったものでしょう。香毬とも呼ばれるものですね」

「このような物を入れて、キモノに火が付いたりしないのデスか？」

「大丈夫です、こうして…」

初音は預かっていた球形の香炉の蓋を取り、中のがんどう返しの皿を軽く揺すった。今はもうそこには灰が盛られている。

「どんなに揺れても中の皿が引っ繰り返らないような仕掛けになっているのです」

ゆらゆらと不安定な半球の中、言葉通り灰を盛られた金皿はそれを零すことはない。

ウェストーク氏はそれを見て軽い感嘆の声を漏らした。

「スバらしいです」

「本日は、これが使われていた頃と同じ香をたててみようと思います。幽霊がどうこうというのは私にはわかりませんが、往時を偲ぶことができるでしょう。もしも、思いが残っているのなら、何か幻影を見ることができるかも知れません」

「ゴーストですか？」

「イギリスの方の言う幽霊とは少し違うかも知れませんが」

「アナタ、いると思ってますか？」

初音はウェストーク氏を見てにっこりと笑った。

「思っている、というのではありません。そこに見えれば見える物が『ある』のでしょうし、見えなければ何も『ない』というだけです」

そう言えば、幽霊博士の南原が何だか言っていたな。

イギリスには幽霊の研究家がいて、学会みたいな研究会も開かれているほど認知度が高いのだが、日本のものとは違うのだと。

日本の幽霊愛好家（という言い方をしていいのかどうかわからないが）は、幽霊を信じると、『この不思議な出来事は幽霊の仕業だ』とすぐに主張する。

だが、イギリスの方では『これは不思議なことだが幽霊の仕業ではない』ということを証明したがるのだそうだ。

どうしてそうなるのかはわからないが、もしウェストーク氏が幽霊の存在を信じていても、まずは否定から入るのだろう。

初音は疑う者を相手にすることに慣れているのか、彼をやんわりと受け流すと話を続けた。

この辺があの幽霊博士と違うところだな。

「この香炉には使われた跡がありましたので、少し香りが残っていました。その香りから使われたお香を調合してみたものがこれです」

彼は俺達の前に絹張りの、内側には金箔《きんぱく》を貼った厚紙でできたお香入れを開いた。

「龍涎香《りゅうぜんこう》、龍脳、ジャコウ、桂心など数種の香木が合わせられたものです」

「どうしてそれがわかったのです。香りだけでわかるですか？」

「わかります。少し時間はかかりましたが」

「…スバらしい鼻ですね」

「生業ですから」

まず香炉に盛られた灰を笏型《しゃくがた》の灰押《はいおし》で平らにする。

火じと呼ばれる火箸で箸目を付ける。箸で灰を押さえ筋を付けるのだが、この筋の付け方一つで陰陽を表し、季節や祝儀不祝儀を使い分けるらしい。

多分、今も何かそういう意味合いで筋を付けているのだろう。

灰ごしらえを終え、羽帚《はねぼうき》で縁に付いた灰を払い、豆のようなたどんを灰に移して埋めると、その上へあのガラス板みたいな銀葉《ぎんよう》を置き、香匙《こうさじ》で香木を乗せる。

暫くは何もないまま沈黙が支配する部屋に柱の時計の音だけが響いた。

香りを逃さないようにするために窓も締め切っているから静寂はいやましていた。

咳払い一つでも騒音となりそうな空気の中、やがて一筋の煙が広がる。

実際は糸のようなそれが、目に見えない色を持って俺や、初音や、ウェストーク氏の間を埋めてゆく。

最初はゆるやかな甘味から始まり、僅かな酸味を含んだ複雑な香りへ。

「目を閉じて…」

初音は香炉に蓋をし、それをウェストーク氏の方へ押して寄越した。

「手にとってゆっくりと嗅いで下さい」

いつもなら『聞いて』というのだが、外人向けにわざと『嗅いで』と彼は言った。

外人の大きな手が香炉を取り上げる。

彼の掌と同じ大きさの香炉は、確かに袖に入れるにはちょっと大きいだろう。

「熱くなりますから、上は触らないように」

俺も、目を閉じて零れてくる香りを深く吸い込んだ。

この間の爽やかな香りとは違う、もっとねっとりとした甘さの強い香りは別の情景を頭の中に浮かばせた。

瞼の暗闇に浮かぶのは暗い部屋だ。

明かりを落とした座敷。

たった一つのぼんやりとしたオレンジ色の光が映し出すのはそこに敷かれた布団。そして傍らに座る者の膝頭。

洋服ではない、二つ揃った膝は一枚の布でくるまれている。これは和服だ。それも一重の薄いものだ。

鼻腔から入り込んだ香りが脳を刺激する。脳から、神経を伝わり全身に香りを纏い付かせる。

神経の通っていない爪の先にまで、それが入り込んでゆくようだ。

暗闇の中の人影の細い指が見えた時、俺はドキリと胸を鳴らした。

まさか…、初音？

テレビカメラのように視線を上に上げてゆくと、絹の光沢を持つ襟元にかかる長い髪が見えた。

だが、同時に微かな胸の膨らみも。

違う、これは初音じゃない。

では誰だ？

真っ黒な長い髪、視線が顔に近づいてゆく度、胸の動悸《どうき》が激しくなる。

その黒髪を掴み、相手を自分の手元へ引き寄せたい。乱暴にその手を取って組み敷いてしまいたい。

香りが身体に染み付くのに合わせて、身体の中にある欲望が頭をもたげてゆくようだ。うずうずとした苛立ちが芯に芽生え、全身を侵してゆく。その顔を見るまでもない、今すぐにその柔らかそうな身体を抱きたい。

――だがこれは現実ではない。

この香り…、これは何を『思わせる』香りなんだ？

自分の疼きを持て余す前に、身体を動かしてこの強い欲を満足させるべきだと誰かに囁かれているようだ。

「…めて」

女がどんな声を上げようと、思いを遂げたい。

「止めて下さいっ！」

鼓膜が震える。

振動は幻想ではなく、現実のことだ。

ハッとして目を開けると、ウェストークが今まさに初音に襲いかかろうとする姿が目に入った。

足元に転がる香炉。

立ち上がって巨大な外人の背中が初音を隠すように前へ進む。

何が起こったのかを考える暇もなかった。

ただそれを見た瞬間、身体が動き、俺も立ち上がった。

「何してるんだ！」

肩を掴み引き戻そうとするが、男の力は強く片手だけではその動きを完全に止めることはできない。

多少手荒になっても、この状況ならいたしかたないだろう。

左の手で相手の右肩をがっちりと掴み直し、引き寄せると同時に初音に伸びていた右腕を右手で捕らえる。

柔道の技をかけるようにこちらを向かせ、足払いを掛けるとそのまま畳の上へ巨体を転がした。

「初音、無事か？」

後ずさり、床の間の柱に身を寄せるようにしている恋人に駆け寄ると、彼は脅えた瞳のまま俺にしがみついた。

「…壮！」

「大丈夫、大丈夫だ」

だが、組み合いはそれだけでは済まなかった。

「うわっ！」

さっきまで温厚な紳士だった男は、まるで狂ったように俺を背後から押さえ付けると、その腕を初音に伸ばしたのだ。

踏み台のように背中に乗り上げ、飢えた獣のように瞳孔を開かせている。

「ウェストークさん！」

俺の声など、耳には届いていないようだった。

「…ックショウ！」

どうなってるんだ。何だってこんなことに。

今の香りか？

確かに今の甘い匂いには欲望を疼かせるような効能があったようだ。俺だってそれに感化されてしまった。

だが、こんなふうに我を忘れるようなことにはなっていない。

もはや遠慮は無用だろう。俺はさっきのように相手を気遣って転がすのではなく、スーツが破れるほど強く引っ張り、その横っ面を張り倒した。

「しっかりしろ！」

邪魔をする俺に向かってくる腕をとってもう一度投げ飛ばす。ただし、頭は打たないようにちゃんと襟を取って。

「初音、窓を開けろ！　匂いだ！」

だが初音は子供のように脅えて部屋の隅へうずくまったまま、動こうともしなかった。

「チッ」

窓ガラス、ブチ破ったら怒られるだろうな。

「ああ、もう全く！」

俺はウェストークの首を片腕で締めながらずるずると窓際へ引きずってゆき、自らの手で庭へ通じる窓を大きく開け放った。

甘い鎖が風とともに流れてゆく。

「初音！　何か別の匂いを焚け！」

もう一度、大きな声で命令すると、やっと彼は顔を上げこちらを見た。

「聞こえなかったのか、何でもいいからさっさとこの匂いと違う匂いをさせろって言ってんだ！」

転がったままの毬香炉を取り上げ、蓋を開け、初音は銀葉を指で弾き落とした。

そしてまだ暖気を放つ小さな火鉢に別の香包みに入っていた木片をほうり込む。部屋の空気はすぐに嗅ぎ慣れた白檀《びゃくだん》の香りへと変わった。

「…うう…」

「あ、いけね」

強く締め過ぎたのか、呻き声を上げぐったりとしてしまったウェストークをゆっくりと畳の上へ降ろす。

「やり過ぎちまったか」

怒られるかな、と初音へ目をやると初音は火鉢に取りすがるような格好のまま、小さく一言漏らした。

「…やっぱり…袖香炉じゃなかったんだ…」

まだ脅えた色を残す瞳のままに。


意識を取り戻したウェストーク氏は、自分が何をしたのか、わかっていないようだった。

ただ彼はあの甘い匂いを嗅いだ途端、自分の前に差し出された供物のような女性を見、それに手を出すべきだと思っただけだと言った。

俺と一緒だった。

ただこちらの乱暴な手を待っているだけのようにじっとしていた女の影。

それを見た途端、こいつは自分が好きに扱っていいのだ、乱暴に貪っていいのだという欲望に捕らわれたのだ、と。

それが現実と呼応し、自分が初音を襲ったのだということは言われればぼんやりとイメージができる程度の記憶に過ぎなかった。

「恐ろしいです。あのパフュームが人を惑わしたのです。あれは幻覚剤、そう、マリファナのようなものです」

冗談じゃない。そんなことあるものか。

現実、俺も同じような感覚は得たが、人を襲うには至らなかった。初音に至っては襲うどころか脅えて逃げたではないか。

けれど俺にはそれを上手く説明することはできなかった。ただ現実を繰り返し説くだけしか。

ウェストーク氏は納得はしなかったようだが、現実自分だけが混乱していたのだから異論を唱えることもできず、ただ不機嫌な顔をしただけだった。

「ウェストークさん、どうでしょう。よろしかったらこの香炉、もう少し私に預からせてくださらないでしょうか。こんな言い方をするのも変ですが、この香炉はあまり良いもののように思えないのです」

という初音の申し出にも、仏頂面をそのままに頷いて見せただけだ。

「譲ってくれと言うわけではありません。ただ、あれの悪い感じを取り除いてからお返ししたいのです」

と言われ、『私が帰るまではご自由に』と言い捨てた。

温厚で紳士然としていただけに自分の行動がショックだったのだろう。

認めたくなくても、事実彼の首には俺が締め上げた赤い跡が残っているし、証人が二人もいるのだから。

結局、俺が客のために買って来たケーキはテーブルに供されることはなかった。ウェストーク氏は落ち着くと挨拶の言葉もそこそこにそのまま逃げるように家を後にしたから。

またの来訪を口にはしていたが、今度は一人では来ないかも知れない。

それに、彼が帰る時に初音に向けた目は、それまでのものとは全く違ったものだった。

まるで彼が原因であるかのような、そんな視線。

自分で勝手に災いのタネを持ち込んだクセに、そんな目でこいつを苛めるな、と言ってやりたかった。

自分の羞恥から逃れるために、こいつを悪者にするな。こいつは傷つきやいんだ。お前みたいにプライドを傷つけられふてくされるような痛みではなく、本当にすまなかった、怖かったと思っても、それを誰にもぶつけられないような儚い心を持ってるんだ、と。

立ち回りで畳の上に零してしまった灰を片付ける初音の背中にそっと触れる。

大丈夫だ、何も知らないヤツが変な目で見ても俺には関係ない。そう伝えるつもりで。

だが初音は俺の手にビクッと身体を震わせるとさっきと同じ脅えた目で俺を見上げた。

「初音?」

「…あ、ごめん」

「いや、いいが。どうした?」

「う…ん」

触れられることが怖いのならと手を引っ込めてもう一度聞く。

「もうあの男は帰っちまったんだ、何《なん》にも怖いことはないぜ」

頷きはしたが、彼は弱々しい笑みを見せただけだった。

「ケーキ、食うか? お茶くらい俺が淹れてやるから」

「いや、いいよ。後で食べよう。まだ部屋に匂いが残ってるから、食べ物は…。何だったら今はヘビースモーカー大歓迎だからどうぞ」

灰皿の代わりにしろというのだろう、彼は小さな火鉢をこっちへ押した。

吸いたいわけではなかったが、ニコチンの匂いがこの甘ったるい香りを打ち消すならと、言われるままにタバコを取り出して火を点ける。

いつもは嫌な匂いだと言って逃げるのに、今日は紫煙を招くように白い手が空気をかき回した。

「あのお香、俺が言うのも何だが催淫効果があるんじゃねえか? いや、お前がそういうのをワザと調合したって言ってるんじゃないぞ。お前も知らないで作ったのかも知れないが、そんな効果があったのかもって言ってるだけだからな」

「…いや、確かに催淫効果はあったと思う。合わせていた龍涎香はマッコウ鯨《くじら》の胃や腸にある結石で、昔から媚薬《びやく》として珍重されていたものなんだ。それだけじゃない、ジャコウはジャコウ鹿の香嚢《こうのう》を摘出《ちゅうしゅつ》して乾燥させたものだけど、強壮剤なんかにも用いられるものだ。あの香は閨房《けいぼう》用、つまり寝室で使われるそういう類いのものだったと思うよ」

「知ってたのか」

彼はこくりと頷いた。

「でもだからといって人を襲いたくなるってもんじゃないだろう。その龍涎香ってのは知らないが、ジャコウくらいは俺だって知ってるもんだ。香水とかにも使われてるんだろ。普通に使われてるもんにそんな強い催淫効果があるはずないじゃねぇか」

「確かにね。自分でもこれを調合している時にこちら系の香だろうとはわかっていた。でもお前が言う通り、これ自体に即効性の催淫効果はないともわかってた」

「それじゃ、あいつが…」

長い髪を揺らして初音が首を横に振る。

「ウェストークさんのせいでもない。その香炉のせいだと思う」

「香炉?」

俺は灰を捨てられた空っぽの香炉へ目をやった。

鉄の毬は何事もなくそこにある。

「あの香を焚いた時、急に寒さを感じたんだ。そしてウェストークさんが酷く恐ろしく感じた」

「恐ろしく？」

すいっ、と道具を横へやり、座ったまま彼が近づいて来る。

今度は向こうからだから大丈夫だろうと、おずおずその肩を抱く。

初音は逃げず、肩に置いた手に手を重ねて身体を預けて来た。

手が欲しいのだとわかれば遠慮をすることはない。手を肩から背中に滑らせ、しっかりと抱き直す。

「ウェストークさんが、というのじゃないのかも知れない。二人が並んでいたのだけれど、どうしてもあの金色の髪が怖くてしょうがなかった」

「金髪が？」

「…多分、彼のお祖父さんなんじゃないかな」

「それって…」

伸びて来た細い指が俺の厚い胸板を滑り背中へ回る。長い腕を精一杯伸ばしてしっかりと巻き付くようにしな垂れかかってくる身体からはまだ微かにさっきの香の匂いがした。

「多分、彼の義理のお祖母さん、あの香炉の持ち主だと思う。軽い目眩がして、あの男の太い腕に締め付けられるんだっていう恐怖が湧いてきて止まらなかった」

子供をあやすように背中を撫でてやると、安心したのか巻き付いていた腕の力が少しだけ緩む。

「彼が、急に見たこともない化け物のように思えて来たんだ。…持ち主の女性は大正時代くらいの人、だとすれば外国人はまだ目に慣れていないから、きっとこんな感じの恐怖だったんだろうな」

「祝福されて結婚したとあの人、言ってなかったか?」

「周囲が祝福しても、本人が喜んでいたとは限らないじゃないか」

「そうか」

「怖かった。男という獣にあてがわれる餌になった気がして、すぐに逃げたいと思った。その途端、ウェストークさんに襲いかかられたんだ。…もし二人っきりで会ってたら…」

もし俺が『香を焚く時には呼んでくれ』と言っていなかったら。

香に突き動かされたウェストークから初音は逃げることができただろうか。俺と同じ、一回りもこいつより体格のよい男に抵抗する力はこいつにはなかっただろう。

お互い同じことを考えてぶるっと身体を震わす。

「大丈夫、俺はいたんだ。何もされなかったし、あの人は正気に戻ればお前に何もしやしない」

「広い部屋で、どこへ逃げても逃げられないという恐怖に縛られて身体も動かなかった」

「考えるな。何度同じことがあっても、俺が守ってやるから」

「壮…」

「いいか、持ち主の女には誰もいなかったかも知れねえが、お前には俺がいるんだ。どんな恐怖を感じても、そいつはお前の感覚じゃねぇ、その女のだ。お前に手を伸ばすのはいつでも俺だ、お前の身体をこうして抱いてやれるのは俺だけだ。だから怖いことなんか何にもねぇんだ」

「壮…」

初音は視線を合わせるとふっと笑みを浮かべた。

「お前を怖がったらどうするんだ？　この手が怖いって言ったら」

「そしたら手を出さないで、ただ側にいてやる。お前が怖くないと言うまで我慢くらいしてやる」

香を嗅いだ時に感じた飢餓感にも似た欲望。あの欲望のままにこいつに手を出したら、確かにこいつは恐怖を感じるだろう。

それはしてはいけないことだ。壊れやすいガラス細工のような心は細い身体以上に大切にしてやりたい。

どんなに欲しくても、抱きたくても、守りたいと思うものを自分から壊すような真似だけはしたくない。

　けれど初音は視線を外さず、俺に抱きつく腕に力を込めた。

「…ありがとう…。でも、そんなふうにはしないでくれ…」

「初音？」

　俺としては精一杯の誠意を込めた言葉を、彼は否定した。

「いいんだ…、お前なら。もしも、俺がこの腕が怖くなっても、壮の思う通りにしてもいい。俺は…壮がどんなふうに自分を扱ってもかまわないと思ってるから…」

　語尾を消え入りそうにしながら、ポツポツと呟く。

「…お前なら…、傷つけてもどうしてもかまわない…。ただ…俺を…」

　最後はじっと耳を傾けなければ聞こえないほど小さな囁きだった。

「…置いていかないでくれれば…」

　言った自分が恥ずかしいのか、彼はそのましっかりと回していた腕をするりと外し距離を置いた。

「多分、あの香炉は焚いてたお香の効用から考えても嫌がる女性を無理にでも嫁がせるために使われたものだと思う。夫婦の寝室でそのために用いられたんだと。だから、あの香炉には女性の恐怖が詰まってたんじゃないかな」

　今度は一転して視線を合わせようとしないその様が、初々しくてたまらなかった。

「あの頃は親の決めた結婚に反抗するなんてできなかったろうし、彼女は外国人の男性に対して恐怖感があったんだろう。だからあの香炉であの香りを焚くと、その時の恐怖が湧き上がるんだ」

初音は言葉が少ない。

「ウェストークさんもその時の『彼女の』恐怖に捕らわれてあんなふうになってしまった。実際のお祖父さんがあんなふうだったんじゃないと思うよ、『彼女の』感じたお祖父さんがあんなふうだったってことだと思う」

自分の気持ちを口にすることが殆どないと言ってもいい。それを知っているから、たった一言漏らした彼の可愛い願いが愛おしくてたまらなかった。

「初音」

俺は恥じらってそっぽを向いたままの彼の身体を背後から強く抱き締めた。

身じろぐようにして腕から逃れようとするのをぐっと押さえて引きとどめる。

「壮、またお前は真っ昼間っから…」

照れ隠しのように怒る彼に向かって、つい零してしまう言葉。

「初音。俺…ここへ来てもいいかな」

何もできない。

「そんなのいつも来てるだろ」

いつも、俺は何もできない。

「そうじゃない。お前の側でずっと生活していたいってことだ。朝起きてから夜眠るまで、生活費はちゃんと入れるから」

けれどももしも初音が自分を求めているというのなら、それだけは与えてやることができるだろう。

「荘？」

振り向いたその顔に唇を寄せて軽くキスを贈る。

「いいか、誤解するなよ。俺がお前と一緒にいたいから、お願いだからここへ置いてくれないかって言ってるんだ。初音が好きでたまらないから、ずっと一緒にいたいってな」

望みをかなえても、それが自分から言い出したことだと思うとそのささやかな願いすら引っ込めてしまうようなヤツだから、俺は敢えてそう言った。

事実、それは嘘ではないのだ。

俺が、この愛しい恋人の傍らにいたいと願っているのだ。

「すぐにってわけにはいかないだろうが、この家のどっか隅っこに俺を置いてくれないか。タバコもなるべく我慢するから」

「壮…」

花がほころぶように、驚いている初音の顔が泣くような笑うような表情へと変わる。

「頼むから、『うん』と言ってくれ。それだけでいいから」

ダメ押しの一言に、薄紅に上気した彼の顔が小さく縦に頷いた。

「…うん」

初音が自分を好きであるということを、彼が告白してくれてから一度も疑ったことはなかった。

けれどその小さな頷きは更にそれを確信させてくれた。

幸福だ。

彼が自分の腕の中にあることが。

あの香炉の持ち主のように望まぬ相手と手を取らなくてはならない者も世の中には多くいるだろう。

けれど自分達はその中で一番自分が望む相手と抱き合うことができるのだ。

「初音」

もう一度合わせた唇はかさかさに乾いていて少し痛かった。

その荒れた唇をゆっくりと舌で舐めてやりそのまま滑り込ませる。

「…ん」

と小さく漏らした声を残して、細い身体が自分の下に倒れる。

しっかりと頭を抱えこみ、ゆっくりと寝かしつけるように押し倒し、更にその口づけを味わう。

衣擦《きぬず》れと畳を擦る音が耳の奥へ届く。

「壮…」

そして初音の小さな抵抗の声も。

「俺なら、何をしてもいいんだろう」

あの香のせいで我慢がきかないんじゃない。

初音が愛しくて、そのいじらしい愛しさに負けて手が出てしまうだけだ。

「それは…」

「だったら、させろ。今こうしたくてたまらないんだ」

止めようとする細い指より先に裾を割り、その中へ手を滑らせる。

一応彼の顔に脅えが浮かばないかどうかを確認したが、怒ったようには見えるその顔に恥じらいは見えたが恐怖は見えなかった。

滑らかな肌を辿り、敏感な部分へすぐに手を添える。

「あ」

と言う短い声も、俺の耳の中を素通りした。

抱きたいと思う気持ちは相手を求める素直な気持ちなのだ。

そいつが男の勝手な言い分だとしても、恋人がそれをちゃんと許容してくれているなら、酷いワガママじゃあないだろう。

「さっきの『頼む』から随分態度が違うじゃないか……！」

「じゃあこいつも『頼む』よ。俺がいいと言ってくれた初音が欲しくてたまらないんだ。ここでこのまま俺にお前をくれ」

言葉を詰まらせて顔を赤くする初音の指が俺を押し止めないから、俺はそのまま指を動かした。

ピクッと震える身体。

目を閉じて引き結ぶ唇。

指が俺の腕にかかり、シャツに皺を寄せるように握り締める。

その何もかもが、今さらながら自分を刺激する。

「あ…っ」

力を入れる度に返ってくる反応が、真摯だった愛情を情愛に満ちた欲望に変える。

乱れて形をなくす着物は色っぽい。

全裸よりも纏わり付く布の狭間《はざま》に見え隠れする素肌の方がずっとそそる。

それをわかっているのかいないのか、快感から逃れるように肩を揺らす身体は光を反射して水面下に泳ぐ魚のように怪しくうねった。

もう許し合っているという安心感があるから、それを見て戸惑うようなことはしない。

もっと、もっと、自分だけのためにその身体をくねらせてくれというように指を激しく動かす。

下着も降ろさず、その脇から差し込んだ手でもう一度その肌を握ると顎がのけ反るように閃いた。

「初音…」

もう何度かは俺を納めてくれた彼の入り口に指を当て、ぐるりと円を描くように刺激する。

「や…っ…」

またそれで彼が跳ね上がると、襟は両肩から完全に落ち、上半身は帯一つで留められた巻き鮨のような姿だった。

ここで巻き鮨と言ってしまうのが、俺と初音の感覚の差なんだろうな。

自分の日常生活とこの家が、どんなに違う空気を持っていたとしても俺には関係ない。ただ一つの真実だけが自分をここへ縫い止めている限り、これは自分にとって一番失いたくない現実なのだ。

俺の身体の下で哭く初音がいる限り。

それでも小出しにしていた欲望が彼の微かな呻きとともに増大し、押さえがたくなってくる。

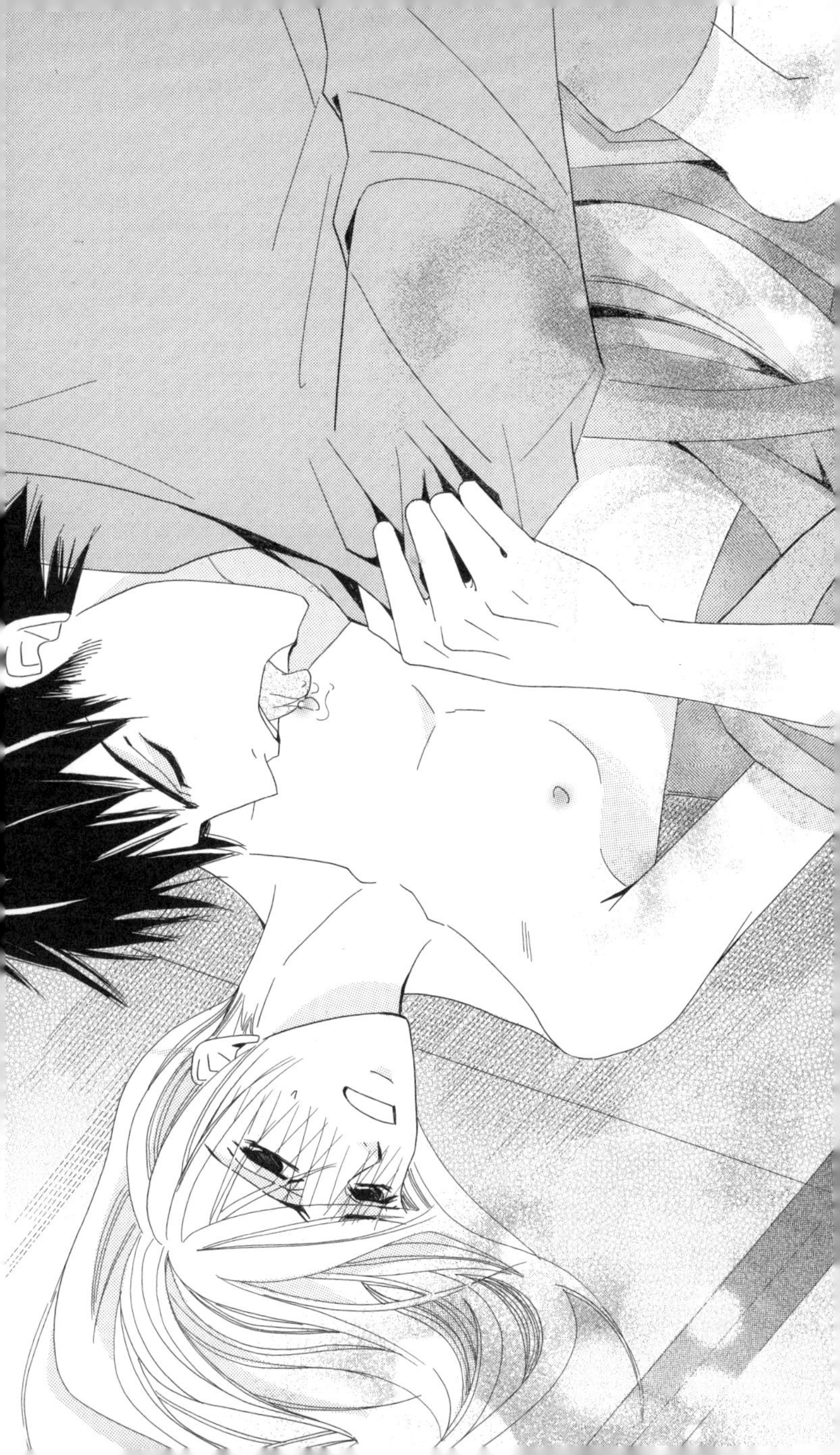

「初音」

他に口にする気の利いた愛の言葉なんてものが浮かばないから、ただその名だけを呼んだ。

解かれた脚の間に身体を進め、身体を倒して露になって胸に舌を這わせる。

「ん…」

いつまでも残しておいた下着に手を掛けてするすると降ろす。

「着物に下着ってのは作法じゃねぇんじゃねぇのか」

「…ばかっ」

解放された箇所に近づき、その反応が確認できる状態であることを見てから身体を擦り合わせる。

まだ服を脱いでいない俺の身体がそこを擦り上げると、初音は泣くように呻いた。

「初音…」

俺にとっては、この初音こそが甘い香りを芳し出す香炉のようだ。

甘くて、誘われて、溶けてしまいそうで惹かれる。

「…初音」

手を上げて、彼が自分の袂をキリリと噛み締めたのが許可の合図だと思った。

千々に乱れる黒髪に顔をうずめるようにして更に身体を進める。

やがて、自分の中で今一番熱くなっている部分が、より熱いものの中に呑み込まれる感覚に、俺も小さく呻いた。

幸福だ。

自分の一番好きな相手と体温を交感することができる自分はとても幸福だ。

「初音」

その名を何度も呼べる自分が、それに答えるようにうっすらと開いた目が潤みながらも自分だけを見つめてくれることが。

「…壮…」

そのとろけそうな声が自分を呼んでくれることが…。

彼を、いい人だと思っていた。

彼が好きだと思っていた。

だから、彼とずっと一緒に生きて行くと決めたのに、彼との夜を迎えるのが恐ろしかった。

昼間は優しくしてくれて、明るく笑ってくれる人が、夜の帳《とばり》が降りると豹変してしまうのだ。

この目に映るのは別人の顔。

『これは俺のものだ』

あの目が語っていた。

『自分に与えられたものだから、どんなふうに扱ったって構わない』

身勝手な男の、欲望の論理が見えてしまう。

『抵抗するならすればいい、そんなものはこの体格差の前には無意味だし、暴れる方が楽しみが増える』

まるで、物を扱うような態度。

しかもそれは全く貴重なものではなく、手荒にしていいと思うような、そんな安っぽい扱い。

昼間の彼はどこへ行ってしまったのか。

あの優しい笑顔はどこへ消えるのか。

同じ人だとわかっているのに、その筈なのに、夜の彼は恐ろしい。

…そして憎い。

自分を粗末に扱う傲慢な態度が腹立たしい。

心の中で、誰かが囁く声が聞こえてきそうだった。

男とはそういうもの。身体を求められるというのはそういうこと。

どんなに言葉を尽くそうと、性欲処理の道具として、蹂躙されるだけ。猛る本能と欲望に流されて、相手を踏み付けて進むもの。

身体に触れられる度、思い知るといい。情交を求められる度に気づくべきだ。

彼は人形を愛でるように自分の姿を愛しいと言い、食べ物を貪るように身体を求めるのだと。

人形も食べ物も人間ではない。彼は自分を同等に扱ってはいない。自分だって人間なのに。

彼を、憎むべきた。

忌み嫌うべきだ。

『奇麗』と言われる度に、自分を『人』から遠ざけてゆくあの男を。

そして『もう触らないで』と口にしてやりたい。

じっと堪えて、いつかその寝首を掻き切ってやるという強い恨みを抱いてやりたい。

自分を踏み躙らないで、汚して、壊してゆかないで。

あの男が嫌い。

肉欲をかざし、自分を穢れに貶めるケダモノが嫌い。

彼はいい人なんかじゃない。あれは獣。性欲を抱く男はみんな、唾棄《だき》すべき存在。

誰も近づかないで、触らないで、話しかけないで。

どんなに取り繕っても、みんな嫌い。

自分を穏やかにさせてくれないものは全て。

何もかもが嫌い。

何もかもが…嫌い…。


毬香炉で焚かれていた香を焚いてやれば、往時を偲んで溜まっていた悪い気が浄化するかと思ったのだが、その香自体が悪い記憶に繋がるものだったからあんなことになってしまったのだ、と初音は言った。

だから、暫くはもっとリラックスできるような軽目の香を焚いて使ってみると。

やがて染み付いたあの香りが香炉から消え、爽やかなものに変われば、悪い気も薄れてゆくだろう。

自分にはその仕組みはよくわからないが、初音が言うならそうなのだろう。

だが、俺の心には少し引っかかるものが残っていた。

初音はあの香を嗅いだ時、『広い部屋をいくら逃げても』と言っていたが、自分が見たものは『狭い部屋でじっと耐えている』女の姿だったのだ。

そしてもう一つ、妙に心の中に残って拭いされない言葉があった。

『幽霊って言うのはですね、こっちの都合で来てくれたりどっか行ってくれたりはしないものなんです。だから、俺が現実主義で、幽霊が嫌いで、そんなもの見たくないって言っても、見えるものは仕方ないんです。見る人は一生見るんです。向こうが付きまとって来るんです』

聞き流していた南原のあの言葉。

『いいですか、帯刀さんだって一度でも幽霊見たら気を付けた方がいいですよ。必ずもう一度見ますからね』

予言のような、不安を煽るそのセリフが。

『俺』と『ウェストーク氏』は『彼女のイメージ』に捕らわれた。けれど初音だけは『彼女』に捕らわれた。その違いが何か特別なことのように思えて。

「それにしても、あの体格のいいウェストーク氏を軽々と投げ倒した姿は少しだけカッコよかったよ」

と初音が笑っても、重い澱のように胸の奥に沈みこんだそれは中々消えることはない。

ひとまずの決着を見たこの一件の奥に、何かもっと深いものが潜んでいるような気にさせる。

だから、共に暮らすことを早めたのだが…。

彼は変わってしまった。

朝はいい。

目覚めて共に朝食を取る時にはさして変化はない。けれど陽が落ちて夜の帳が降りると、その視線は冷ややかになり、一体いつまでここにいるつもりなのか、早く帰らないのかと、時にはあけすけに口にするのだ。

問題は、その言動を昼間の初音が覚えていないらしいということにもあった。

何かが、初音に憑いている。

何か悪いことが起こっている。

けれど初音と違って何の力も持たない俺には何も、どうすることもできないのだ。

できることとはただ一つ。彼がどんなふうに自分を拒絶しようと、それが初音自身の意志だと信じられるまでは側を離れないでいることだけ。

だが、それでもそのまま放っておいてよいことなど何一つないとわかっているから、俺は彼の態度が変わって一週間後、救いを求めるように彼の兄、柴舟さんの元を訪れることにした。

少なくとも、俺のような朴念仁よりは何か手立てを見つけてくれるのではないか、そう信じて。

相変わらず足を向けるには畏れ多い気がするお屋敷と呼ぶに相応しい日本家屋を訪れると、さすがに長い付き合いがあるからすぐに奥へと通された。

中庭を臨む廊下を通り広い応接室へ通され、手に取るのもおっかなびっくりになるような茶器で出されたお茶をすすっていると、初音によく似た面差しの柴舟さんがほどなく現れる。

「お待たせしました」

と丁寧に頭を下げてくれる和服の柴舟さんは、香を聞いていたのかその身体からよい香りを漂わせていた。

「どうも、ご無沙汰してます」

「この間会ったばかりでしょう」

「丁寧な挨拶ってこれくらいしか思いつかないもんですから」

正直な俺の言葉に柴舟さんはクスクスと笑った。

「相変わらず帯刀くんは面白いねぇ」

社会人として礼儀は知っているつもりだが、どうも格式というものが未だ息づいているこの屋敷に来ると、自分が無知の野蛮人みたいに思えてしまう。

まあ、どちらかと言えば自分は体育会系なのだから当然だろう。

「それで、今日は何の御用かな？」

柴舟さんは襟元を合わせ直すように胸元へ手をやると、穏やかな声で聞いた。

「初音のことです」

「初音の？」

自分が口にすることを、この人はどこまで信用してくれるだろう。

初音の特異な体質をわかっている人なのだから、無下にはされないと思うのだけれど。

「実は、あいつの様子が変なんです」

「変、と言うと？」

「これです、って証拠が出せるわけじゃないんですが、何て言うか…、余所余所《よそよそ》しくて、トゲトゲしいんです」

「君に対して？」

「はい」

「初音が外来者に対してそういう態度を取ることがあるのは知っているよね？」

「わかってます。あいつが人見知りだったことは。でも、あいつは俺にだけは違うんです。自惚《うぬぼ》れと言われても胸を張れるくらい、あいつにとっての俺は特別なはずだと思ってます。

でも、今は何かが変なんです」

俺達が恋人同士であることはまだ柴舟さんには教えていないから、わざと俺は言葉を選んで『特別』という曖昧な言い方を選んだ。

「ケンカをしたわけでもないんです。何て言うか…、この間の香炉が持ち込まれたことと何か関係があるかな、とか…」

それが彼の知人の持ち物であることを考えるといきなり悪くも言えず、言葉を濁す。

けれど意外なことに、柴舟さんの方からその続きを口にした。

「ウェストーク氏の香炉のせいで初音が変わったというんだね。あれに悪いものが憑いてると」

一瞬戸惑ったが、ここまで来てお茶を濁してもしょうがない。俺ははっきりと頷いた。

「はい」

座らされているソファからぐっと身を乗り出し、腹をくくって思っていることを全て言うことにした。

「あの香炉を預かってから、夜になると初音の様子が変わるんです。俺に対しても嫌悪感って言うか、憎しみに近い感情をぶつけてくるんです。でもそれはあいつの感情じゃないと思います。何かに怒ってるんならちゃんとそれを言うはずでしょう？　それに、朝になるとそれをあまりよく覚えてもいないみたいだし」

「ケンカをする原因は全くないんだね」

「それは絶対に」

自信を持って言える。

あの家へ移ってから自分がしたことは、ただ一緒に食事をするくらいのことだ。柴舟さんには言わないが、キスすらしていないのだ。

「わかった。実は同じ話を大倉もしていてね」

「大倉さんがですか?」

俺は何度も顔を合わせている柴舟さんの秘書の顔を思い浮かべた。

子供の頃から彼等と共にこの家に住んでいる礼儀正しい男は、柴舟さんにとっても初音にとっても家族の一員に等しい人間のはずなのに。

「初音の使うお香なんかはこちらで用意して渡してあげることも多いんだが、電話でそのやりとりをしている時に妙に余所余所しいと言うんだ」

柴舟さんは軽くため息をつきながらかけている眼鏡を指で軽く押し上げた。

「初音は大倉さんのことを好きだと思いますよ」

「私もそう思う。だから大倉も何か自分が彼を怒らせるようなことをしたかと気を揉んでいたよ」

「そんなことないと思います」

「だろうね。でも、私には態度は変わっていないんだ。大倉がそう言うから私も電話してみたんだ。でも本人は全然そんなこと思っていないようだったし、こちらが感じることもなかった」

「それ、夜でしたか？」

「夜も、昼も。どちらでも変化はなかった」

それはどういうことなのだろう。

柴舟さんには変わりなく、俺や大倉さんには態度が変わる。違いはどこにあるのだろう。家族だから？

「…帯刀くんには言うまでもないことだけれど、初音はとても変わった子だと思う。うちの家族にも親戚にも、あんなふうに他人の感情を読むようなことができる人間はいない。もちろん、お香の調合に関してはプロですから、あの子のしていることを私もできるとは思う。けれど、同じ香を作っても、私の作るものは『香り』でしかないが、あの子のは…幻想のようなものだ」

柴舟さんは静かな声で語った。

「子供のころは本人もそれを嫌がってね。それができるからといって一体何になるのか、ただ煩わしいだけじゃないかと泣いたものだよ」

「初音が泣いたんですか？」

意外だ、という俺の声に彼は失笑した。

「君と会う前のことだから小学生の頃だけれどね」

こうしてこの人と初音のことについて話し合うのは高校の時以来だった。

「だからあの子の特技で、癒される人もいるのだと教えてやりたくて、お前の能力は役に立つのだと自信を持たせたくてお客を紹介しているのだけれど、こうして問題にぶつかってしまうとどうすればいいのかわからなくなってしまうな」

高校の時、初音が俺をこの人に『友人だ』と正式に紹介してくれた時、初音が特異な体質なのを知っているか、それをどう思うかと尋ねられたことがあった。

俺はあまり考えることなく、お香のことはよくわかんないですと答えた。彼が特異なのはわかっていたが、それが自分に関係あることとは思えなかったのだ。

お香とか、感受性とかというものとは無縁な男だったから。

けれど初音を外した席で、この人は俺に言った。

わからなくても、いずれトラブルを呼ぶことがあることは覚悟して欲しい。そしてその時になって手を離すなら、あまり近づかないで欲しいと。

その時は正直怒った。

最初から別れることを前提に友人になるヤツはいないだろう。何かが起こって、それで問題が起きたらそれは自分と初音が話し合うことでお兄さんには関係ないことだ、と。

思えば恥ずかしいガキだった。

今ならわかる。この人は弟をとても大切に思っているのだ。昔も、そして今も。

初音をこの家から出して一人で住まわせることを悪く言う人間もいると初音が気にしていたが、それがこの人の愛情の示し方なのだ。

愛しい弟を傷つけるもの全てから遠ざけようという愛情の。

だから、俺はこの人には思ったことをなるべくストレートに告げることにしている。

「あいつの体質が変わらないんなら、柴舟さんが手を差し伸べてやろうとやるまいと、問題は起こると思いますよ。それなら何かあっても救いの手が差し出されてるってわかるようにしてやる方が俺はいいと思いますけど」

性格や外見や、違うところも多いのだけれど、見せかけだけの言葉に傷ついてしまいそうなところが初音と似ているから。

「帯刀くんは相変わらず言い方がキツイね」

「そうですか?」

「うん、でも言葉で取り繕わないところが初音のお気に入りなんだろうな。そうだね、気に病んでばかりで何もしないより、何でもしてあげる方がずっといいんだろうね」

「と、俺は思います。だから今できることがあるなら何でもしてやりたいと思うんです」

「今できることか…。ちょっと待っててくれるかい」

柴舟さんは立ち上がると俺を部屋に残して出て行き、何かの書類を持って戻って来た。

「これを。役に立つかどうかはわからないが、ウェストーク氏の奥方だった方の家のことと、香炉の出所だから」

恐らく、初音のところへあれを持って来る前に調べておいたのであろう。香炉の写真や箱書きの移しもあった。

「なるべく、あの子のところへも訪ねるなり電話をかけるなりして様子を窺っておくよ」

「ありがとうございます。きっと役立てます」

彼はその言葉を聞くとクスリと笑みを浮かべた。

「何だか変だねぇ、兄の私が礼を言われるなんて」

「あ、いや。そういう意味じゃなくて、書類をお借りできてありがたいって意味で」

「いいんだ。帯刀くんには初音を預けることにしているんだから。君になら任せても安心だと思うしね」

「はあ…」

「あの子のこと、本当によろしくね」

そのセリフはまるで俺達の関係を知っているかのようで、冷や汗が流れた。

言ってしまった方がいいのだろうか。あいつのことは俺が一生面倒見ますって。だが、今はまだ気恥ずかしくてそれを口にすることは戸惑われた。

ただ言わないことはあっても嘘をつくことだけはしたくなかったから、俺は一言だけ返した。

「はい」

とだけ。

どんな意味に取られても、とにかく初音のことを任せてもらってかまわない、その気構えはできているという意思表示に。

「じゃあ、これ。お借りします」

そして俺は深々と頭を下げた。

とは言うものの、自分がこういった世界とは無縁な人間なのはわかっている。

書類を貰ってても、あの香炉の名前すら知らなかった自分にどんな手立てがあると言うのか。

初音の家へ戻り、自分に宛てがわれた部屋で書類を見つめながら、頭に浮かんだのはつい先日取材に行ったあの婆さんのことだった。

香炉のことで調べることはもうないと思う。

香炉としてならば俺が今さら調べるよりも、もっと詳しいことを柴舟さんが調べ上げているはずだから。

他の方面から当たるとすれば骨董品としてだ。

確か、ウェストーク氏の祖父さんなら大正時代くらいの話じゃないかと初音が言っていた。ということは多少なりとも骨董価値があるんじゃないだろうか。

そしてあの婆さんは曰く付きの物を色々と持っていたし、何か参考になることを言ってくれるかも知れないと思ったのだ。

断られるのを覚悟で、私的に伺いたいことがあるのですがと電話を入れると、婆さんは意外にもあっさりと来訪を許可してくれた。

約束を明日に取り付け、電話を切ると既に陽が落ちていた。部屋を出て座敷へ行くと、初音がぼんやりと暗くなった庭先へ目を向けていた。

テーブルの上に肘を付き、背中を少しまるめ、足を崩して座っている。

こうしていると今までと何の変わりもないのに。

「初音」

と声をかけるといつもなら笑顔で振り向いてくれた。だが今はまるで脅える猫のようにビクッと肩を震わせ冷たい目を向ける。

「…何？」

どうしてこんな目をするのだろう。

「メシ、どうする？」

「食べるの？」

「一緒に食おう」

「…まあいいけど」

落ち着かなく視線の行く先を変え、俺がどこに座るつもりなのかを窺っている。

隣に腰を下ろすと身体を堅くさせるのを知っているから、彼の後ろを通ってテーブルの斜めの位置に腰を下ろす。

いつもなら、すぐにお茶を飲むかと聞いて来る唇は黙ったままずっと閉ざされていた。

一体、あの香炉にはどんな『もの』が憑いていたのだろう。

ウェストーク氏と俺が感じたのは、しょんぼらとして座っている女だった。

幻想に取り込まれた時、俺達はその女を蹂躙してやりたいという衝動に駆られたのを覚えている。あの女がウェストーク氏の祖父さんに嫁いだ女性だったんだろうか。

「初音」

と名前を呼ばれるだけで神経をピリピリとさせる。

「お前、具合が悪いところはないか？」

脅えている。

と同時に怒りというか、軽蔑というか、冷たい感情を剥き出しにしている。

「別に」

整ったその顔も無表情のままだ。

「あの香炉はどうしてる?」

「あの香炉?」

ピクリと片眉だけが上がる。

「ウェストークさんから預かってるやつだ」

「…別に、部屋にある」

その話題に触れたくないのか、彼はこれ以上何も言わないぞ、というようにまた唇をきゅっと引き締めてしまう。

こんなふうになってから、初めて初音が自分にはよく笑いかけてくれていたのだと思い知る。

整った顔は表情をなくすと冷たいものになるが、俺は一度もこいつの顔を冷たいと思ったことなどなかった。

笑っても、怒っても、いつも初音らしいと思って過ごして来た。

自分が特別に扱われていたことを、今さらながら強く感じる。それが彼の愛情であったのだということも。

「初音」

手を伸ばしてその手に触れようとした途端に向けられる明らかな敵意。

さっと肩から身体を引いて身構える。それでもまだ手を伸ばそうとすると、彼の顔にはあからさまな嫌悪が浮かんだ。

「俺は今夜は食事はいい。食べるなら一人で食べてくれ」

言い捨てるように立ち上がり、さっと逃げてゆく。止める間もあらばこそ、だ。パンッと音を立てて障子を閉め、後を追うなと空気を断ち切る。

嫌われてる。けれど俺は間違えないぞ、あれは『初音』じゃないんだ。誰であるにせよ、あれはあいつじゃない。

「チクショー、俺は負けねぇからな」

ああいう態度には覚えがあった。以前仕事明けの汚い格好で仕事仲間の家に麻雀をしに行った時、まだ高校生だったそいつの妹があんな目で俺達を見ていた。

汚い、穢らわしいというような目で。

そうか、あれは男を嫌悪する女の目なんだ。潔癖で、頑《かたく》なな少女のような。

ということは、あれに憑いているのはそういう女だということになる。

俺と大倉さんが嫌われて、柴舟さんが嫌われてない理由もそれだとすると頷けた。

俺にしても大倉さんにしても体格のよい『男』だが、柴舟さんは少女マンガの優等生の委員長みたいな感じだ。

夢描く少女なら、憧れこそすれ、毛嫌いなどしないだろう。

「…身奇麗にするか？　…でもなあ、どう逆立ちしたって俺が柴舟さんみたいにゃなれるわけがないし」

初音は奥へ引っ込んだまま、もう出て来る様子はなかった。

この様子では今日は一緒に食事など無理だろう。

空腹に突き動かされ、仕方なく台所でインスタントのラーメンを作りながら、俺は少し考えてみた。

少女のような潔癖な憑きもの。

『それ』は本当に、ウェストーク氏の祖父さんの嫁さんなんだろうか？

だとしたら、一体どういう経緯で外人の元へ嫁がされるようになったのか。

ひょっとして、それが原因なんだろうか。たとえば人身売買のように、貢ぎ物として外人に差し出された少女とか…。

「…わかんねぇな」

とにかく、今はこの間の婆さんにかけてみるしかなさそうだ。もっと色んなことを知って、それから自分がどうするか、何ができるかを考えよう。

こんなにも愛していると思い、こんなにも大切だと思っているはずなのに、俺は本当に初音の世界に対して無知だった。

知らなくても自分は平気だと思っていたが、知らないことが今のこの距離を作っているのだとすると、後悔ひとしおだ。

もし、もう少し自分がものを知っていれば、何かが変わっていたのかも知れない。注意をするとか、対処法を知る者を探すとか。最初からあの香炉を使わせないとか。

今さらながらの後悔に襲われながら、俺は一人ラーメンをすすった。

主のいなくなってしまった広い部屋で。

もう一度ここで、あの笑顔を前にするために、自分にできる限りのことをしてやるぞ、と決心して。


「私にはそういうものはわかりかねます」

取材で訪れた曰く付きの骨董を溜め込んでいた婆さんは、俺の説明ににべもなくそう言った。

あの後、偶然自分も曰く付きの品物を手に入れ、友人が何かに取り憑かれたらしいのだが、そういう時はどうすればよいのだろうかと正直に言ってみた結果がこれだ。

彼女は紬の着物をきっちりと着こなし、丁寧な応対で俺を迎え入れてはくれたが、知らないものは知らないと言うしかないのだという態度を崩さなかった。

「しかし、お宅にはそういうものが一杯あるんでしょう？　お祓いとかはしなかったんですか？」

「しませんでした」

「何か不具合が起こったりしなかったんですか？」

「ございません」

けんもほろろな言い方だ。

「私はただ骨董を集めているだけでございます。ただ品物というのは時を経れば人の手を渡るもの。その時に某かの由来が付く、それだけのことです」

「ではあなたはその謂れを信じてはいない、と？」

「いいえ。私は信じております。そういうお話が付随するのならば、そういうことが、もしくはそれに近いことはその品物の間近で起こったのでしょう。けれど私は呪術師でもなければ高僧でもございませんから、それをどうこうはできないと申しているのです」

たった一つの手掛かりと思っていたのに、彼女の言葉は冷たかった。

いいや、こんな得体の知れない男にちゃんと会ってくれただけでもありがたいことか。少なくとも彼女はちゃんと『自分にはわからない』という返事をくれたのだから。

そう思ってそろそろ引き上げようかと立ち上がりかけると、思いもかけず彼女は俺を呼び止めた。

「私は単に好きな物を集めているだけであなたのお役には立てないと思います。ですが、私の知り合いにお一方《ひとかた》あなた様のお話にご協力できるかもしれない方がいらっしゃいます。その方をお訪ねになってはいかがでしょうか。もちろん、その必要がないとおっしゃるのでしたら差し出がましいことはいたしませんが」

「いえ、ぜひ。ありがとうございます！」

「あなたが、私の話を真面目に聞いてくだすったようですから、私も真面目にお答えするだけのことです」

婆さんは、少し照れるような顔でさらさらとメモを記し、俺の方へ渡して寄越した。

「大変信頼のおける骨董品屋さんです。そういった類いのお話も親身に聞いて下さるところですから、お役に立つでしょう」

俺はそのメモを受け取ると、深く頭を下げた。

「ありがとうございます。本当に助かります」

取材の時には眉ツバの品物が多いと揶揄してしまった詫びの気持ちも込めて、心を込めて土下座した。

これだから、俺は人を好きでいることがやめられないのだ。

初音が恐れる『他人』という生き物が、時にはこんなふうに優しくなる。その瞬間を、いつかあいつにも教えてやりたい。

また立ち寄るようにと誘いの言葉をくれた婆さんの手を何度も握りしめ、俺はそのまますぐに骨董品屋へ向かうことにした。

今度は都心だ。

途中で電話を入れ、古い下町の細い路地を曲がって訪ねたのは、言っては悪いが今にも潰れそうな引き戸の店。

主はつるりと禿げた頭に丸い眼鏡をかけてる、いかにも骨董屋の主人という感じの和服の老人だった。

例の婆さんが連絡を入れといてくれたおかげだろう、老人はすぐに話を聞いてくれた。

想像していたのとは違い、高価そうな商品など並んでいない小さな店の土間から上がる天井の低い座敷に腰を下ろし、さっきと同じ話を繰り返す。

ちゃぶ台が置かれたところと言い、飴色の茶箪笥があるところと言い、まるで古い映画のセットのようだ。

体格のよい爺さんはその話をうんうんと頷きながら最後まで黙って聞くと、柴舟さんから預かった書類に目を通し、暫くの間じっと押し黙った。

「あの…、それで何か…」

こちらが痺れを切らして尋ねると、初めてそこに人が待っていたことに気づいたように顔を上げる。

「ああ。すいませんね、色々と考えていたものですから」

爺さんは渋い茶を俺にすすめ、自分も一口そいつを含むとやっと滑らかに口を開いてくれた。

「これは多分ガジン香炉ではないかと思います」

「ガジン香炉？　毬香炉じゃないんですか？」

「毬香炉というのは形状のことですな、毬の形をしているから毬香炉。ガジン香炉というのは閨《ねや》で使う香炉という意味で、用途の名前です」

「閨…ってことは寝室ですね」

「そうです」

「それはその友人も言ってました。寝室でその…、ソノ気にさせるために妖しい香を薫いたんじゃないかと」

「ほっ、ほっ、妖しい香ですか。まあそうですな。私はさしてお香に明るい方じゃありませんが、昔の女性は殿方《とのがた》を引き付けるために今の香水みたいにいい匂いをぷんぷんさせてたもんです。それを媚薬のように扱う方もいらしたでしょうな」

「じゃあこれは、やっぱり花嫁道具の…」

店主はそこで首を小さく横に振った。

「これは嫁入り道具じゃございません」

「え？」

「幾つかの理由がございますが、まずこちらの書類にはお嫁さんになった方というのは横浜の大塚《おおつか》きぬさんという女性になってますが、この香炉の箱書きには明治九年、川名《かわな》家御依頼品と書いてあります」

店主のごつい指が示したのは香炉の入っていた箱の蓋の裏に記された、俺には読めない墨書きの文字だった。

「と言うことは、これは川名さんという方が頼んで作ったということですし、作られたのもご結婚の時期よりもずっと以前になります。この大塚様の方は裕福なようですし、嫁入り道具にお古を使うというのは考え難いことでしょう。ですから、おそらくどなたかがお品が可愛らしいということでお嬢さんに差し上げたんじゃないでしょうか」

「…ってことは元々持ってたのはどんな人なんですか？」

「さあ、それまでは。それに、これは先ほど申しました通りガジン香炉と言いまして、恋人同士の閨に入れるようなものなんです。つまり、枕元に置くのではなく布団の中に入れておくものですな」

「布団の中？　火が付いてるものをですか？」

「そうです。まああなたさんももう立派な男性ですから、多少下世話な話をしてもかまわないでしょう。つまり、これはお布団の中で男女が睦みあってる最中に布団の中にほうり込んでおくものなんですよ。そうするとエッチなことをしてる最中に布団も恋人の身体もいい香りがする、と。枕元に置くならば足がある筈ですし、壁などに掛けるものなら紐を通す孔がある。そのどちらもがないということはこれをこうして…」

店主は言いながら片手で玉を転がすような仕草をして見せた。

「動かして使うものということになります」

「はあ」

「布団の中で男女がくんずほぐれつしてごらんなさい、あなた。どんなに楚々とした方だって布団の中の香炉を蹴らずにいたすことはできないでしょう。ですからこれは中ががんどう返しになっていて、恋人達が蹴っ飛ばしても火がちゃんと零れないようになってるんですよ」

「…つまり、枕元に置くよりももっと直接的にいかがわしいってことですか？」

「それを風流と取るかいかがわしいと取るかは人によりけりでしょうが、まあそんな感じです。それを花嫁や若いお嬢さんに差し上げるというのはどうにも露骨じゃありませんか。それに本来は銀製で高価なものですが、これは鉄製ですし、作者の銘もないですからレプリカでしょうな」

布団の中で薫く香。

それはおそらく枕元で薫くものよりも更に強烈に香っただろう。部屋に充満する匂いは戸の隙間からでも流れてゆくが、布団の中なんて密集した場所では、薫かれた香でむせ返るほどだったに違いない。

しかもその香りには催淫効果があったとしたら…。

「これは、どんなふうに使われたと思いますか。悪い使い方として」

「そうですなあ。まあ誰もが考えるように意に添わぬ女性との布団にぽいっと入れてその気にさせるでしょうな」

店主は少し笑いながら禿げた頭をつるりと撫でた。

「男という生き物は時にしょうがないものになりますから」

と言って。

頭の中で、細かく分断されていたものが集まり一つの考えに繋がってゆく。

自分の見た暗い部屋の小柄な女。

布団の中で薫かれる催淫効果のある香。

脅えていた初音と、男を嫌う視線。

「にしても、品物は結構なものですよ。こういったものは今ではあまり見かけませんからね。不要の際にはうちで引き取ってもよろしいですよ」

「いや、これは預かりものなので俺の一存では。でも持ち主が手放す気になったらそう伝えておきます。それと、ご店主。その…言いにくいんですが、お祓いとかできるところを知ってますか？」

訝しまれると思ったのだが、店主はただ穏やかな笑みを浮かべた。

「お寺さんでしょうな。気になるようでしたら供養してもらうというのが一番ですよ」

ありきたりな言葉だが、彼の声には人をばかにしたような響きはなかった。

「あなた、帯刀《たてわき》さんでしたっけ」

「え？　あ、はい」

「私のように年寄りになってからは、幽霊だの形のないものについて語ることを誰も咎めやしませんが、あなたのように若い人が口にすると怪しまれたりするものです。まずいな、と本当に思うのならさっさとお寺へ預けてしまわれた方がよろしいですよ」

それは、彼の親切だったのだろう。

俺の話を信じてくれていたからの言葉かも知れない。

けれど俺はそれに素直に頷くことはできなかった。

「本当のことを言いますとね。俺はそういうのを信じるタチじゃなかったんです。でも友人が捕らわれちゃって、多分それは品物を引きはがせば何とかなるっていう状態じゃないんじゃないかと思うんですよ」

けれど彼の誠意に答えるめために、俺も真実を口にした。

「大切な人なんで、逃げるわけにも行きませんしね」

店主はそうかと頷き、また音を立てて茶をすすった。

「いいお寺を紹介することもできますが、一つだけ言っておきましょう。それが本当に幽霊であっても、そのご友人の思い込みやヒステリーであっても、何だって問題を解決するのはいつも心です。気を強くお持ちなさい。念ずれば通ずとも言いますしね、自分の願いを強く心に持って物事に当たることです」

「…はい」

結局、俺達はどちらもそれが何であるかをハッキリとは口にしなかった。

見えないもので、確かにそこにあるとは言い難くても、もしかしたらそこにあるのかも知れないというあやふやなものを語るには丁度よい具合の会話だったのかも知れない。

結局、その後暫く他愛のない話を続け、礼の代わりにと蕎麦猪口《そばちょこ》を二つ買って俺はその店を後にした。

初音の状況と今日の話を統合して、俺の頭の中には微かだが一つの考えが固まりつつあった。

それをもう一度まとめるために、俺はそのまま自分のアパートへ向かった。

一人でゆっくりと考えるために…。

ウェストーク氏の祖父さんと嫁さんは、横浜《よこはま》で知り合い、恋愛結婚だった。

親が決めたとか、商取引の一環でということもなかった。

ガジン香炉と言われたあの毬香炉は寝室で使われるもので、そこで薫かれた香は初音の分析によると催淫効果のあるものだった。

そして『それ』が取り憑いた初音は、男を毛嫌いする潔癖な少女のそれだった。

それを考え合わせると、あの香炉を最初に手に入れた川名という人物は、少女に男を宛てがうためにあれを使ったのではないだろうか。

そして、香炉がウェストーク氏の祖父さんの嫁さんの手に渡った時、『それ』も一緒に付いて行き嫁さんを取り殺した…。

「何だか俺は私立探偵だな」

思いつくままを書き出した紙に顔を突っ伏してタメ息をつく。

想像はできるのだ。ここまで材料が手に入れば結構簡単に。

『それ』はきっと男が嫌いなのだろう。

自分の意志に反して男と寝たことで恐怖を感じて、恨みを抱いて、悪いものになってしまったのだろう。

ただ問題はそれを知って自分は何をすればいいのかということだ。

ただ原因を探れば答えが出るような問題ではないのだ。

自分が物語に出て来るような霊能力者だったら、祓うなり浄化するなんてこともできるのだろうが、そんな力、微塵もありはしない。

「腕力ならあるんだけどな…」

寺へ持って行くにしたって、どこの寺へ持って行けばいいんだか。それにあれは預かり物だから自分が勝手に持ち出すこともできはしない。

もし寺へ持って行っても何にもできなかったらどうなるのだろう。『それ』は初音に害をなさないだろうか。

「ああ、クソ。どうすりゃいいんだよ」

俺に幽霊の話を吹き込んでくれたあのエセ幽霊博士のポーズも、除霊みたいなことを知ってるようではなかったし、結局一番大切なことを考えるのは幽霊とか超常現象には縁のない、この脳ミソしかないってことなのか。

暗闇の中、布団の傍らに俯いて座っていた女の姿が頭に浮かぶ。あの時、その女には何をしてもいい、物のように扱ってもかまわないと思った『男』の気持ち。

彼女はそんなふうに扱われて来たのだろう。ひょっとしたら、複数の男の相手をさせられたのかも知れない。

そんなものに対して、自分は何をしてやれるのか。

自分だって、まごうことなき男なのに。

もしも、捕まっているのが初音以外の人間だったら、甚だ冷血だが、きっと余人の手に任せただろう。餅は餅屋というヤツで、寺なり神社なりに駆け込むくらいのことはしたに違いない。

それができないのは、心のどこかで恐れているからだ。

初音の特異体質を、他人に知らせることになるんじゃないかということを。

そして同時に、何よりも恐れていること。

「…俺とウェストーク氏は『男』だった。なのに初音だけが『女』に捕まっちまった」

という事実の陰にあることを、だ。

俺はタバコを取り出して火を付けると、深くその煙りを吸い込んだ。

何とはなしにだんだん知り得たことと推測を合わせると、『そういうもの』はどうやら同調する人間に惹かれてくるようだ。

以前、友人に恋心を抱いた書生の幽霊が出た時は、そういう体質の初音が側にいたにもかかわらず、そいつは俺の夢の中に現れた。それは俺がその書生と同じ気持ちを抱いていたからだ。

友人と思ってはいたが、その相手を友情以上に愛してしまった。だから告げずに後悔をしないようにしろ、と警告まがいのお告げまでくれた。

では今回はどうだ？

俺とウェストーク氏は確実に男で、性欲としては抱く側に回っている。初音だって男ではあるが、一応何と言うか俺との関係では抱かれる側の人間だ。

つまり…。

「…クソッ」

俺は唇の端でタバコを銜えたまま仰向けに引っ繰り返り、汽車よろしく天井へ向かって煙を吹き上げた。

そうだ、つまり俺は怖いんだ。俺を好きだと言う初音の気持ちを毛の先ほども疑ってはいないが、あいつが俺に抱かれたいと思っているかどうかには確証がない。

初音が『女』の側に同調したのは、初音の心の中にも『抱かれる』ということを望まない気持ちがあるんじゃないかと考えることが。

祖父さんの嫁さんにも、少しはあったんじゃないだろうか。

人としては好きな男だったかも知れないが、外人の、おそらくは当時のそこいらの男より体格の良い男に抱かれることへの恐怖感が。

そこを付け込まれて憑かれてしまった。

柴舟さんが初音に恐れられないのは、家族だからかあのなよやかな外見からか、とにかく安全パイと判断したからだろう。

だが俺は危険なのだ。初音の心のどこかが俺を怖いと思っているから、あの香炉に取り込まれたんじゃないだろうか。

「…ヘコむなあ」

バリバリと音を立てて掻き毟る頭。

俺はあいつが好きだけれど、あいつも俺のことを好きでいてくれるだろうけれど、そこに性欲が入った時、気持ちにズレがあったのだとしたら…。

恋人になってから、訪れる度に彼の細い身体に手を伸ばした。

温かな体温を感じて、安堵していた。

けれど初音もそうだったのだろうか？

俺が求めるから応えていただけだったら？

本当はそんなことしたくないと思っていたら？

考えたくないことだが、考えられないことじゃない。

そうだとしたら、俺は一体どうすればいいのだろう。

ちらりと見ると、時計はもう既に夜の十時を指していた。

今夜戻らないならそろそろ電話の一つも入れておかなくては。

もっとも、電話を掛けたところで反応はなんとなくわかる気もするのだが。

それでも、本当の初音のことを考えると黙ったままでいることはできないだろう。

俺は受話器を取ると、初音の家の電話番号を押した。

長いコールの後に出た声に、今日は自分のアパートの方へ泊まるからと言うと、やっぱり相手は冷たい声でそれはありがたいと答えた。

惑わされる。

引きずられる。

言わせているのは他所《よそ》にいるものだとわかっていても、その言葉がその声で伝えられると、あいつの気持ちの一部がその中にあるのではないかと思ってしまう。

好きな者を抱きたいと願うのは当然の欲求だが、愛情なく抱かれた者にその言葉は届くまい。それに愛情があっても、それを望まない者もいるだろう。

何とかしたい。

もう一度、初音のあの笑顔をみたい。

あの細い身体を腕の中に抱きたい。

そう考えること自体が『あれ』に恐怖を感じさせることだったとしても、俺は自分の気持ちを曲げられない。

欲望に任せてそれを行うのは罪だが、愛しい者に抱く気持ちは大切なものだ。

電話を切った後もよい考えなど浮かばず、悶々と、ただ寝返りを打ちながらタバコを吸い続けた。

部屋が白く霞むほどにタバコを吸い続け、その煙の中へ逃げ込むように。紫煙の中に答えがあるかのように。

睡魔が訪れるまで、俺はずっと考えていた。

誰もが救われる方法を。

初音と、『あれ』と、どちらをも納得させなければ解決はされない。

そしてその方法は、この頭で考え出さなければならないのだ。

初音の笑顔を取り戻すために…。


翌日、身体中に染み付いたニコチンの匂いをシャワーで落とし、新しいシャツに着替えてから俺は再び三條の家を訪れた。

迎えに出たのは秘書の大倉さんで、初音の件で来たのだと言うとすぐにまたいつもの応接間へ通された。

「その後、初音さんのご様子はいかがですか」

と尋ねる彼に、まだ首を振ることしかできない。

「俺にも何か力があればいいのにと、つくづく思わされました」

初音があの体質を嫌なものだと思っているから、それはいささか不謹慎な言葉かも知れないが事実ではある。

「柴舟さんもそうおっしゃってましたよ」

その気持ちがわかってくれたのか、彼はゆっくりと頷きながらそう言った。

「誰しも考えることは一緒ってことですね」

お茶を出してくれた大倉さんが出てゆくと、入れ違いに柴舟さんがやって来る。

いつもと変わらない穏やかな笑顔に陰りを感じるのは俺の気のせいだろうか。

「いらっしゃい。初音のことだって？」

それともやっぱり弟のことが心配なのだろうか。

「はい。実はお願いがありまして」

「帯刀くんからのお願いじゃきかないわけにはいかないな。何だい？」

「実は…、先日初音が作ったのと同じお香が用意できないかと思いまして」

「初音が作った香？」

出されたお茶に手を付けなかったから少し乾く喉。

「ウェストークさんが来た時に、昔あの香炉で薫いていたというお香を作ったんです。それと同じものが欲しいんです」

柴舟さんは何故、という視線を向けた。

「詳しくは言えないんですが、今考えてることがあって、それを行うためにはどうしても必要なんです」

「でも私はそれを聞いていないから」

「初音に直接聞いてでも、作れないでしょうか」

「私に言うだろうか?」

「俺じゃダメだと思いますけど、柴舟さんなら喋ると思います」

「あれはあまりいいお香ではなかったとウェストーク氏は言っていたようだけど?」

自分の考えを言ったら警戒されるだろうか?

だが黙ったままでは頼みを聞いてもらえそうもない。

「色々調べてみたんですが、あれはガジン香炉というものらしいですね」

柴舟さんはああやっぱりという顔をした。そう言えば、初音も『袖香炉じゃなかったんだ』とあの騒ぎの時に言っていたな。二人とも気づいていたんだろうか。

「あの香炉についてる悪いものは、きっと女だと思うんです」

「あれを悪用された女性、ということかな」

「多分。ウェストーク氏のお祖父さんの奥さんの前の持ち主がいて、それがあまりよくない使い方をしたんじゃないかと思ってます。その時に使われた女があそこに残ってるんじゃないかと」

「…考えられることだね」

「だから、その女をどうにかするために、あの時の香が必要なんです」

今度は何のために、とは聞かれなかった。問いかける視線も向けられなかった。

ただ暫くの間黙りこみ、視線を落としただけだった。

それはそうだろう。あの香がどんな目的のためのものだか、この人にもわかっているはずだ。それを作れと言うのだから怪しまれて当然だ。

まして彼は俺達の関係も知らないのだから。

「わかった、帯刀くんならいいだろう。何とか作ってみよう。明日もう一度来なさい」

「柴舟さん」

「君なら私と初音の信頼を裏切らないと信じられるしね」

彼の弱々しい笑みに、俺は声を大にして答えた。

「それは絶対に」

それだけは間違えない。大切なものが何なのかはちゃんとわかっている。

柴舟さんは俺の目を見返し、ふっと顔を綻ばせた。この人の怒った顔なんて想像つかないな。

「わかった。それなら今大倉を呼ぶから、お香の薫き方を少し習っていきなさい」

「え？」

「帯刀くん、お香の薫き方知ってるのかい？」

「…木片の粉に火を付ければいいんじゃないですか？」

柴舟さんは手を口元に寄せてクスクスと笑った。

「やっぱり大倉を呼ぼうね」

「はあ」

何とかする。自分の手で。

だがそのためにはまだ色々とやることがありそうだった。


一仕事終わると、甘い物を買って電車に乗る。

それが大学を卒業してからのある意味俺の日課でもあった。

フリーのライターになりたいのだと言い出した俺のことを、周囲の友人はみんなバカにした。

大学まで入っといてフラフラするのはもったいないだろう、体育会系のお前が何を今更文系狙ってるんだ、と。

真っ向から反対はしない者には、就職して、どこかの出版社で記者を狙えばいいじゃないかと言われた。

そんな中、初音だけが笑ったのだ。

帯刀らしい、と。

正直言って、自分でも不安はあった。フリーのライターなんて聞こえだけはいいが、収入は不安定なものだから。学生時代からちょこちょこと顔だけは繋いで零れ仕事を貰ってはいたのだが、その報酬は所詮《しょせん》学生アルバイト。それだけで生活を支えるというには無理がある。

親元を出て勝手に生きていたから、この期に及んで親を頼る訳にもいかない。

それでも、誰の援助も得ずに一人で自分の思うままに生きたいと思ったのだ。

初音は、そんな俺を見て呆れると言った。無計画だなとも言った。けれど決して否定だけはしなかった。

そして貧乏な俺を呼んでは飯を食わせてくれた。

いい友人だったのだ。俺の行動を、どんな時もただあるがままに受け止めてくれる。

だから俺もあいつをあるがままに受け入れていた。

俺は自分の思う通りに行動していいんだ、そう思わせてくれたのが初音だったから、俺はずっとあいつに対しても自分の思う通りにしか行動して来なかった。

自分が訪ねたい時に訪れ、帰りたくなれば帰る。

あいつの特異な体質を知っていても、気にもしなかった。

あいつのいる世界が自分と違う世界だと知っていても、(たとえば金持ちが多いとか、家柄があるとか)自分が知りたいと思わなかったから、知ろうとしなくてもいいと思っていた。

だって、俺はそうしたいと思わなかったんだから。

けれど今はそれを後悔している。

どうして、自分のことしか考えなかったのだろう。初音が望みを口にするタイプじゃないと知っていたのに、自分からあいつの考えを尋ねることをしなかったのだろう。

初音は俺を好きだと言った。

絶対にそれだけは疑わない。どんなことがあっても。

けれど俺達の間に身体の関係を必要としていたかどうかは確かめただろうか?

抱き合って身体を寄せた先を望んでいたかどうかを、口にして聞いただろうか?

初音の仕事のことさえ、知ったのはついこの間のことだった。そのことをあいつは本当はもっと詳しく俺に知ってもらいたかったんじゃないだろうか。俺に香を嗅がせて実体験をさせたのも、柴舟さんが俺に仕事を知るようにと言っていたのも、その表れだったんじゃないだろうか。

表面に出ていることだけで安穏として、その先へ踏み込まなかったツケを、今払わされている気分だった。

初音の言葉を読み取るのではなく、あいつの思っていることをどんなに長い時間がかかってもいいからあいつの口から直接聞ける努力をするべきだった。

後悔というやつは、その言葉通りいつも後からやって来る。そしてああすればよかった、こうすればよかったと、事が起こってから思いつくのだ。

けれどこれを手遅れにはしたくなかった。結果を出すなら、やるべきことを全てやってからにして欲しい。そうして出る結果が良いにしろ悪いにしろ、それが『初音』の口から出るものならば受け入れよう。

けれど得体の知れないものに答えを預けるわけにはいかない。

そのためにも、俺はそれをする必要があった。

上手くいく可能性がどんなに少なかったとしても、ただ一人の愛しい者のために。

俺は心を決めた。

翌日の夕方、柴舟さんから例のお香を受け取ると真っすぐに初音の元へ向かった。

夕暮れの長い日差しが空気を朱に染める座敷に彼はいた。

俺が戻ったことを歓迎するでもなく、出て行けと言うでもなく、酷く疲れた様子でテーブルに頬杖をついてぼんやりとしていた。

買って来たケーキを渡し、今夜は具合が悪いから早くに休ませてもらうと言って部屋に下がった時も、心配する様子は見せなかった。

しんとする家の中に、まるで水を浸すかのように冷たい空気が満ちてゆく。

家鳴りと、初音の微かな足音が耳に届くほどの静寂。

不思議だ。

いくら住宅街とはいえ、もっと雑多な音が届くと思うのに、今日は何も聞こえない。まるでこの家自体が外界と遮断されているかのように。

待つというプレッシャーに堪えられなくて、窓を細く開けタバコに火を付ける。

空気が繋がるとやっと遠くを走る車のエンジン音や、塾か何かに向かう若者の声が聞こえて少しほっとした。

大丈夫、ここは異世界でもなければ隔離されているわけでもない。普通の住宅街の一角でしかない。くだらないことを考えず、時を待てばいいだけだ。

悪いものと戦うには強い心が大切だと、骨董屋の親父は言っていた。

自分に、その強い心なんてヤツがあるだろうか？

霊感も超能力もなく、そういう面では凡人そのもののような自分に。

俺はタバコの煙を吐きながら小さく首を横に振った。

いや、違う。

『できるだろか』じゃない、『やる』んだ。どんなにそれが大変なことであっても、そうしなければならないのだ。そして何の力もない自分だからこそ、考えて、考えて、それしか方法がないと答えを出したのじゃないか。

オレンジがかったほの暗い光の下、俺は自分の身体を見た。

長袖のシャツに隠されたこの腕は筋肉質で、初音の細い身体など簡単に捻り上げることができるだろう。

その力を、今日は出さないように心掛けなければならない。力では何の解決も得られない。それを忘れないようにしなければ、と。

時間を潰すために吸い続けるタバコが半箱を超える。

舌にはニコチンの味が残り、喉が少しいがらっぽく感じる。

手の中には柴舟さんからの香の包み。ポケットにはそのための銀葉とマッチがある。

外から流れこんで来ていた音もなくなり、室内からも何も聞こえなくなる。

本当の静寂と夜が訪れたな、と感じた時、俺は時計に目をやった。

「…一時か」

手にしていたタバコを空き缶の灰皿へ投げ込み、立ち上がって深く息を吸う。

そして音を立てないようにそうっと襖を開け、廊下が軋まぬよう壁にそって歩き初音の部屋を目指した。

薄ぼんやりとした廊下の足元灯だけが頼りだが、勝手知ったる何とやら、だ。

まるでドロボウだな、と自嘲しながら目的の部屋の前へ立つまで、呼吸すら上手くできなかった。

とはいえ問題はここからだ。ここで気づかれてしまっては計画は失敗なのだから。

襖に手を掛け、わずかな隙間を作る。屈み込み、下の方に指をかけてゆっくりと自分一人が通れるだけ開ける。

部屋の中で人の動く気配はなかった。

心臓が、喉にあるように激しい鼓動を感じる。

自分の行動の一つ一つが物凄く緩慢で、ぎこちなく思えた。

暗闇に慣れた目に、枕元の丸いものが見える。

あれだ。

俺は畳みに這うように身体を低くし、精一杯腕を伸ばしてそれを鷲掴みにした。そうっと引っ張ると畳に擦れて音がすると思ったからだ。

何とか落とさずにそれを持ったまま廊下へ戻ると、まずそれを暗い明かりの中で見つめ直した。

黒い鉄製の毬。その表面には華やかな図柄が透かしで彫られているが、今となってはそれを美しいとは言い難い。

音を立てないように蓋を開け、灰が盛られたがんどう返しの皿の上をそうっと指で探る。

昨日、大倉さんから付け焼き刃で習った香の薫き方を思い出しながら、呼吸を整える。

灰の中には何もなかった。

俺は胸のポケットの中からマッチと小さなビニール袋を出し、袋の中から炭団を出しそれを灰の中に埋め込む。

次に震える手でマッチを擦り、炭団に火を入れた。マッチを擦る音がやけに大きく聞こえた。

なかなか上手《うま》く火が付かず、何度かやり直してやっとそこにオレンジ色の光が灯ったのを確認すると銀葉という小さな透明の板を乗せ、その上へ香をぱらぱらと置いた。

香りが立ちのぼるのを待たずまた香炉に蓋をして今度は音がするのもかまわず畳の上を滑らせて元の位置に戻す。

そして自分も部屋の中へ入り、後ろ手に襖を閉めた。

暗闇の中、初音の規則正しい呼吸音だけが時が過ぎてゆくのを教える。

やがてじんわりと甘い匂いが香り始め、見えない煙が巻き上がるように自分を、初音を、捕らえてゆくのを感じた。

「初音」

十分に香が部屋に立ち込めたのを感じてから呼ぶ名前。

即座に反応し、聞こえるきぬ擦れの音。

香だけではダメだ。どうしても初音がいなくては、あそこへは行けない。だから彼がどんなに脅えても、起きてもらわなければならないのだ。

「初音」

手を伸ばして、さっきまでそこにあった彼の頭に触れる。

長い髪が指先に絡まったかと思った瞬間、するりと逃げるのが感じられた。

「誰だ！」

拒絶する声。

「俺だよ」

だが怯まない。

「帯刀だ」

甘い匂いがわかるか。

お前が調合したあの時の匂いだ。

「何でここに！」

薫いているのはあの香炉だ。

「出て行け！」

「いやだ」

香を乗せ過ぎただろうか、甘い匂いに頭がくらくらする。

「ここへ入っていいなんて言っていない」

脅えと怒りの同居する声。だが今、用があるのはお前ではないんだ。

「初音」

と、お前の名を呼び、その腕を取り、俺は待った。

「止めろ、離せ」

薄く差し込む廊下の明かりと暗闇にポツッと浮かぶ香炉の火。

たったそれだけの光で見極めるお前のシルエット。

俺は逃げる初音の手をしっかりと握り、目を閉じた。

「俺は何もしない」

もしもこの世に神様ってもんがいるなら、今俺にくれる一生分の運をくれ。この先競馬ですろうが、パチンコで当たらなかろうが文句は言わない。

仕事がなくなっても、怪我をしても、構わない。

俺が一番失いたくないものを取り戻すために力をくれ。

手のひらの中で暴れる手。それを解放しようと引っ掻く爪。

呼吸を整え深く息を吸い、そして吐く。

「離せ！」

連れて行ってくれ。

この香の香りの中へ。

もう一度、あの幻想の中へ。

この小さな香炉の中に澱む意識の名残の世界へ。

「離せっ！」

この香炉を最初に受け取ってしまった、哀れな女の所へ…。


真っ暗な瞼の闇の中に、ぽつりと小さな明かりが灯る。

それは行灯のような、電球のような、不確かな瞬く暗い橙色の光だった。

まあるく浮かび上がったその光は、蛍のようにゆらゆらと動き、彷徨い、やがて一つ所へ落ち着いた。

動きが止まると光は本来の動きを思い出したかのように、その周囲を照らし出す。

最初に目に入ったのは、布団の端だった。

薄い布団だ。

枕はなく、ただ敷布団と掛け布団だけが合わさって置かれただけ。だが随分とその大きさは大きいもののようだった。

表地には鮮やかな花が描かれ、古い着物を仕立て直して布団に打ったかのように奇妙な華やかさを持っていた。

そしてその側には白い着物に包まれた膝頭が見える。

膝の上には二つ並んだ白い手が、まるで拳を握るようにきゅっと指を丸めて置かれていた。

ああ、あの時に見た光景だ。

着物を着た女はこちらに気づいた様子はなく、じっと何かを待っている。やがて畳を踏む足音が聞こえるまで、彼女は彫像のようにそのまま動こうとはしなかった。

足音は布団のあちら側から聞こえ、縁を回ってこちらに来る。

明かりに照らされた着物の裾が見え、裸足の足からそれが男であることが知れた。

「甘い、いい匂いだねぇ」

男の声に女の身体がピクッと震える。

視線を周囲に巡らせたが、あの香炉は見当たらなかった。けれど確かに、自分の鼻は香りを感じている。

ねっとり纏わり付くような甘さ。深く吸い込むと鼻の奥の方でじんと苦みを生む独特の香り。

この部屋を満たしているのは、初音が作ったあの香と同じものに違いない。

明かりはだんだんと大きく広がり、光度こそ上げなかったが、その部屋の全てを映し出すほどに広がった。

女の顔も見えるほどだ。

だが見えた女の顔に、俺は驚きの声を上げそうになった。

俯いた顔、小さな鼻にきゅっと噛み締められた唇。整えていない眉は黒々として、その下の長い睫毛とよく釣り合っている。可愛らしい顔だ。

そう、可愛らしい顔なのだ、まるで中学生か小学生程度の。

長い髪を後ろに流し、白い着物を着ているからそれでも見ようによってはもっと上に見えるかも知れないが、おそらくは十二、三程度ではないだろうか。

「さ、おいで」

男が手を伸ばす。と、同時に自分の中でも何かがどくんと脈を打った。この細い身体を自分のものにしてもよいのだという男の気持ちが、流れ込んで来るような感じ。

白い、蝋《ろう》のような腕を取って引き倒し、その着物を剥いであられもない姿にしてやりたいという欲望。

「ほら、何をしてる」

もう一度呼ばれて、女…、いや、少女は顔を上げた。

ああ、あの目だ。初音が俺を蔑むように睨みつけた、あの目だ。

怒りと脅えと嫌悪が入り交じった、幼い視線だ。

痺れるほどの性欲を身の内に感じながら、俺はそれを制御するのに必死だった。

俺はこんな娘を抱きたいとは思わない。自分がこの腕に抱くのはたった一人だ。つられてはいけない、これは幻に過ぎないのだ。

何度も必死で頭の中で繰り返す。

これは自分ではない、と。

「仕方がないな」

男の手は少女の肩を捕らえ、強い力で布団の中へ押し込んだ。

掛け布団がめくられた瞬間に強く香る甘い匂い。あの香炉は中にあるのだろう。

「深く吸え」

少女は手足をばたつかせ、逃げようとするのだが所詮男の力に抗えるはずもない。くぐもった悲鳴を短く何度か上げ、裾が割れるのも構わず届かない男の身体を蹴ろうとする。

だがその足の動きもやがては弱まり、悲鳴の代わりに布団の中からは嗚咽が漏れた。

『いつもそう！』

じーん、と頭の中に女の声が響く。

『昼間はよい人の顔をして、夜になると態度を変える』

誰の声だろう。この娘のか？

『どんなに言葉を尽くすそうと、性欲処理の道具として、蹂躙しようとする。猛る本能と欲望に流されて、相手を踏み付けて進もうとする』

言葉に応えるように股間が疼く。

『身体に触れられ、情交を求められ、吐き気がする。男は人形を愛でるように自分の姿を愛しいといい、食べ物を貪るように身体を求める。どんなに拒絶しても』

頭の中一杯に広がる声は、性欲を否定しているのに、かえってその言葉で自分の中の欲望が煽られる。そんなことを言っても、どうせ抱かれてしまえば声を上げて悦ぶのだと、勝手に解釈してせせら笑っている。

男の手がまだ弱々しく動いている足の間に差し込まれ、そこが濡れているのを確認してから引き抜かれる。

指先のてらてらとするのを見て、そいつはにやりと笑った。

『憎い』

吐き気がしそうだ。

『殺してやりたい』

身体の中にどんな性欲が溢れても、自分が自分でいる限り、この男には重なれない。

『殺せないなら、死んでやる』

俺にはこんなことはできない。こんなことは許せない！

強く、強く、思いをかえす。

俺はこの香炉の中の澱んだ世界に来たかった。そこで何が行われ、どうしてあんな目をするのかを見たかった。

だがそれがこんな光景だったとは。

男が布団をめくり、香の匂いが強く届く。

目的を遂げようと細い身体に跨がる。

初音は言っていた。香で見るものは幻想で、夢のようなものだと。

これが俺の夢ならば、何とかできるはずだ。

その瞬間、俺は自分の身体が『そこ』に『ある』ようにと強く念じた。

そして腕を伸ばし、その男の襟元を掴むと、力いっぱい投げ飛ばした。

まるで無声映画を見るようなたどたどしい動きで男がすっ飛んでゆく。

だが、男がいなくなった途端、自分の心のどこかで今度は自分が目の前の身体を味わう番だと舌なめずりをした。

「冗談じゃねぇっ！」

俺は手を伸ばしてぐったりと俯せになっている少女の身体を引き起こした。

「助けて欲しいのか！　それならいくらだって助けてやる。これがお前の夢ん中なら、悪夢を繰り返す必要なんてもうないんだ！　現実はとっくに終わっちまったんだぞ！」

これが、今起こっていることではないのなら、どうして同じところをぐるぐると回るのだろう。

辛い思いをして、それが嫌だと思うのならば、せめて現実の終わった後に幸福な夢は見れないのだろうか。

日々を生きて、明日を変えることのできる『生きている人間』を取り込んでまで、どうして同じ悪夢をいつまでもなぞらえるのだろう。

「何かを強く願ったんだろう。このままでいいなんて、最初から思ってたんじゃねぇだろう。死んだ後にも残るほど強い気持ちを持ってるなら、そいつで俺に言ってみろ、どうしたいんだ！」

とろんとした少女の目が俺を見た。

海底を揺らめく海草のように香りは俺の足に絡まる。

神経の内側を通って足を上るぞわぞわとした快感が、男の業を嬲り、膨らませてゆく。

手を伸ばせば、柔らかい肌が待っている。それは自分が好きにしていいものだ。貪れば、いい声を上げて鳴くだろう。どんなに脅えようと、突っ込んでしまえば向こうも身体を震わせるに違いない。

「…何を言っても…することはするくせに…」

か細い声が耳に届いた。

今度は頭の中ではない、目の前の少女の唇が動いて言葉を紡いでいるのだ。

「泣いても、喚いても、やり遂げるくせに…」

虚ろな目は恨むように俺を見ている。

「好きだとか、可愛いとか言いながら、始まってしまえば自分が気持ちよくなることしか考えてないんでしょう」

乾いた声は瞳と同じように虚ろで抑揚がなく、それが返って恨みがましい。

「自分のことばっかり」

白い手が伸びて、足の甲に触れる。

「勝手な思い込みで欲を押し付けて。夜になれば、男なんて誰でも獣のように周囲を荒らし回るだけ」

その瞬間にゾクッとした快感が駆け上る。

指先からあの香りを放出しているかのように、触れた所が溶けてゆく感じがする。

だが俺はその手を掴み、引き剥がした。

「ばかにするなよ」

俺はこいつを抱かない。

俺が抱きたいと思うのはこいつじゃない。

「世界中の男の中のほんの一握りしか知らないくせに、全てがそうであるかのように言いやがって」

強く思え。

自分が一番大切にしたい人間の顔を。

「俺はお前なんかに手は出さない」

鼻筋の通った白い顔、笑うとまなじりの下がる黒い瞳。

「どんなふうに操られても、俺はお前なんか抱かない」

鋭いほどの視線を、自分にだけは和らげて向けてくる。あの脆く強いただ一人の恋人の顔を。

「苦しいなら助けてやる。俺はお前を踏みにじらない！」

だが娘はにたりと笑った。

「それならこの顔なら？」

ぐにゃりと顔が歪みそれが心に思い描いていたものと重なる。

「昼間は好きだと言い、可愛いと言いながら、夜には貪り尽くしているこの顔なら、お前だって同じことをするだろう」

身体は愛しさに応えるように疼いた。

これこそが自分のもの、心の底から欲しいと思う相手。

その細い顎を取り、自分の方へ向かせると、『初音』の顔は艶やかに笑った。

「…ざけんなよ！」

相手が小さな娘とわかっていても、腹の底を焼くこの怒りを抑えるのは難しかった。

「好きだからこそ、どれほど求めても手を出さないことだってある。それができる者だっている。小さな頭で考えた妄想の中に俺を取り込んでも、死んだっててめぇの思う通りになんかならねぇよ！」

抱きたい、この腕の中に全てを捕らえたい。

その気持ちは自分の中に確かにあった。

けれど自分が思ったからと言ってそれをそのまま相手にぶつけられないほど、俺は初音を好きなのだ。

思い通りになる相手が欲しいのなら人形で十分。思い通りにならなくても離れられないから愛しいと思うのだ。

欲望のない人間なんかいやしない。

自分だってこの娘を抱いた男共と大きく違うなんて言わないさ。だが、それだけじゃないと言うことだけは言える。

「『嫌だ』と言えば、俺はいつだって手を止める。『逃げたい』と言えば逃がしてやる。それが欲望と愛情の違いなんだよ」

初音の顔をした娘は誘うような笑みを消し、苦しむように顔を歪めた。

「さあ、言ってみろ。お前はどうして欲しいんだ。物のように扱われて、汚されて、それを死んだ後まで続けていたいのか！」

その瞳が閉じて、息苦しそうに唇が動く。

睫毛の先が震えて、目の端からぽろりと涙が零れる。

絞り出すように喉の奥から声が押し出されたのは、はっきりとした拒絶の言葉だった。

「いや……！」

闇へ溶けて消えてゆく部屋の風景。

放り出されたように墨色の空間にいるのは自分とその娘だけになる。

だがその暗闇の中からは無数の腕が伸びて娘の身体に掴み掛かろうとした。

「いやっ！」

腕は身体に繋がり、顔を見せる。その中にはさっき自分が掴み飛ばした和服の男もいた、外人の若い男もいた、ウェストーク氏もいた。

恐らくは、彼女の知る限りの男が、この香炉に関わった全ての男がいただろう。

誰もがギラついた目で腕を伸ばし、娘の細い身体を取り込もうとしている。

俺は小さな身体を抱え上げると、肩へ乗せた。

「これが現実でないのなら、何だってできんだよ！」

そして遠慮なく、そいつらを投げ飛ばした。横っ面を張り倒し、胸倉を掴んで払い倒し、その身体を踏み付けて次の者を蹴り上げる。

「怖い……」

手応えがあるのが不思議だった。けれど躊躇などしている暇もなかった。

威張れたものではないが、ケンカが下手な男でなくてよかった。こんなもの役にも立たないと思っていた拳が、幻想を砕き闇へ返してゆく。

「怖い……」

一人打ち消す度に、肩の少女が軽くなる気がした。

「大丈夫だ。いやだと言うなら、絶対そうはさせない」

拳が痛み、身体が重くなっても、俺は餓鬼のような男共を薙ぎ払い続けた。

「絶対にだ」

感覚は麻痺してゆき、それが定められた運動であるかのように同じ所作を繰り返す。

人の感触をそのままに足蹴にし、砂のように溶ける身体を打ち捨てる。

首にしっかりと巻き付く細い腕から力が抜けてゆくのも気づかずに、ただ、ただ、襲って来るものを消し続けた。

その中にはきっと、自分の姿もあっただろう。

これがこの少女の集めた『男の欲』というものならば、自分だって例外ではないはずだから。

けれどわかっていた。

これを全て消すことができれば、恐怖と苦しみに堕とされた小さな魂は、この娘は、逃げ切ることができるのだ。

長い、長すぎる悪夢から裸足のまま逃げてくことができるのだ。

それはどこか俺の知らない場所だろう。

ひょっとしたらあの世ってヤツかも知れない。

そこへ行ければ、この子はもう誰かを恨む必要はなくなるのだ。

だから俺はずっと闘い続けた。

無尽蔵な幻想の時間の中、疲労にその意識が奪われるまで。

肩の重みが完全に消え去り、辺りが真の暗闇になってしまうまで…。

耳元で誰かが泣いている声がする。

あの娘だろうか。

自分は失敗したのだろうか。

初音の力を使って幻想の世界へ入り込み、大本を救ってやれば初音も解放されるだろうと思ったのだが、やっぱりそいつは無茶な考えだったんだろうか。

俺みたいな何の力も持たないヤツが、幽霊を助けてやろうなんておこがまし過ぎただろうか。

だが、何とかしてやりたかったのだ。

初音だけじゃない、忌まわしい思いに囚われたまま悪夢を繰り返す者を。あんな小さな香炉一つに、深い念を残さなければならなかった者を。

「…う…」

誰かと一緒にいるってことは、決して片方だけの気持ちで成り立っているんじゃない。相手があって、自分があって、それで初めて成り立つものだ。

一方的な押し付けだけの関係しか知らないなんて、あんまりにも憐れじゃないか。

「そ……」

こんな鈍感な俺でさえそのことに気づいたのに。何も知らずにただ恨み続けるなんて。

「壮！」

目を開けると、そこには初音の泣き顔があった。

「…よう」

これもまた夢の続きかと思って片手を上げて笑うと、いきなり堅い物が頭に当たった。

「痛っ！」

「ばかっ！」

それで一気に目が覚めた。

明かりに照らされたそこは、初音の寝室だった。そして俺の頭を直撃したのは、どうやら初音がしっかりと握り締めている枕だったようだ。

「何で…、何を笑ってるんだ！」

「初音？」

「あんな危ないことして。お前みたいな大ばか者は見たことがない」

「何か危なかったのか？」

「ばかっ！」

もう一度飛んで来た枕を、今度は何とか手で受け止める。

「ああいうタチの悪い念に自分から同調するなんて。取り憑いて下さいって言ってるようなもんじゃないか！」

念…。

「初音、お前…」

「何にも知らないクセに無謀過ぎる！」

「俺のことがわかんのか？　あれに取り憑かれてたことも覚えてんのか？　今はもう昼なのか？」

「真夜中だよ！」

叫びながら鼻を鳴らし、袖で涙を拭く。

目の前にいるのは確かに、初音だった。

怒っちゃいるようだが、俺を見る目には嫌悪も脅えもない。真っ赤にした目で、心配そうに俺を見据えている。

「初音」

何とかなったのか。

嬉しさに跳び起き、その身体を抱き締めようと腕を伸ばし、そこで動きを止めた。

聞きたいことは山ほどある。けれどその中で一番知りたいのはこれだった。

「初音。お前、俺が怖いか？」

枕はもう一度唸りを上げ、俺の腹を直撃した。

「何言ってんだよ、ばか」

腕を取って、その顔をのぞき込む。

「真面目な話だ」

泣き腫らした、子供のような顔を。

「お前、俺に抱かれるのが怖くてあの娘と同調したんじゃないのか？　それだったら言ってくれ。俺はお前のことを愛してるし、抱きたいしキスしたいとも思ってる。性欲はしっかりある。でもな、あんなふうに『怖い』って思ってるのを無視してまでそうしたいなんて思っちゃいないんだ。俺が抱きたいのは、俺に抱かれたいと思ってる初音なんだ」

今回は、俺にしては随分と頭を使ったと思う。

考えて、考えて、直接本人の口から本当の気持ちを聞こう。それが拒絶だったとしても、ちゃんと聞こう。そう思って口にした言葉だった。

なのに俺に腕を取られたままの初音は、あろうことかそのまま俺の顔面に頭突きを食らわせた。

「いっ！」

「痛た…」

思わず手を離すと、俺の顎にぶち当たった頭を押さえて初音も蹲《うずくま》る。

「何考えてんだ、このバカ！　顎の骨が折れたらどうすんだよ！」

「それはこっちのセリフだ！」

「普通するか、頭突き！」

「お前が手、掴んでたからだろ！」

「俺は真面目にだな…」

「真面目に聞くところが頭に来てるんじゃないか！」

初音は再び枕に手を伸ばした。冗談じゃない、これ以上殴られてたまるか。

リーチの差で何とか枕をこっちの手中に収めたが、このばかは次は掛け布団を引っ掴んで投げ付けた。

まあ、大して痛いもんじゃないが。

「何なんだよ！」

とは言いたい。

「いいか壮、俺は男なんだぞ。お前にされることが嫌だったら今みたいに頭突きでも何でもしてみせる。台所へ走ってって包丁の一本くらい抜いてみせる」

「じゃあ、嫌じゃなかったのか？」

「そういうことを聞くところが、お前はばかだって言うんだ！」

泣いているのとは違う赤い顔。

長い髪は乱れっぱなしで、暴れたせいで襟もはだけている。

なのに初音は布団を掴むと上から俺にのしかかった。

「待てっ、初音。重っ…」

「好きだって言ったじゃないかっ！　そういうふうに好きって」

「それはわかってる。でも抱くとか抱かれるは普通男同士だから考えないもんだろ。だからひょっとして俺がやる気満々なんで流されて…」

言葉は最後まで言えなかった。

また頭突きをくらう、と思って近づいて来た初音の頭に目を閉じて構えたから。

けれど痛みの代わりにやって来たのは塩っ辛いキスだった。

「……ばか」

べりっ、と剥ぐように布団蒸ししていた掛け布団が引っ張られる。

抱き抱えていた枕も毟り取られ、着ていたシャツの襟をグイッと引っ張られたまま仰向けの身体の上に馬乗りにされる。

「初音…？」

「お前みたいなバカはどんなふうに言ったってどうせまた後で俺が気を遣ったのかもって思うんだろう」

声は震えているが、指はそのままシャツのボタンを外し始める。

「俺がどんな顔して何を言えばいいんだよ。好きって言うのにも死ぬほど勇気がいったのに…」

ぱたっ、と彼の涙がひん剥かれた自分の胸に落ちる。

「恋人だって言ってくれたのに、一々手を伸ばす時に『よろしいですか』『はいどうぞ』って言い合うのか」

そしてそのまま手はズボンのボタンを外し、ファスナーを下ろした。

「わ、ばか、初音」

まさか、逆ギレして俺を襲う気じゃないだろうな。いや、男同士はリバーシブルだっていうし、抱きたいのに抱かれるのは嫌だって言うのはフェアじゃないのかも知れないが、俺にも心の準備があるし、そこはそれなりに考えることも多いんだぞ。

「うるさい」

胸に手が置かれ、細い指が肌の上を滑るとそれだけで腰にくる。

幽霊に偉そうなことを言ったのに、やっぱりどうしたって身体は正直だ。

「初音」

どうか暴走させないでくれ。

「からかうならそこまでにしてくれ、これ以上はマズイよ」

お前を傷つけないって決めたのに。

だが初音はそっと指を下へ滑らせ、戸惑いながらもズボンに手を掛けた。

「ばか…」

慌ててズボンを押さえた俺の顔に、もう一度塩っ辛いキスが降る。

「からかうなんて…」

顔が赤いのは何のせいだ？　泣いてるから？　それともやっぱり恥ずかしいから？

子供みたいに顔をくしゃくしゃにしながら俺の服を剥ぎ取ろうと懸命になってる理由を、俺は聞いてはいけないだろうか？

きっと、いけないんだろうな…。

「なんで…こんなバカ好きになったんだか…」

呟く唇の形に涙が流れてゆく。

俺はやっと腕を伸ばして胸に顔を埋めたまましゃくりあげる初音の身体を抱き締めた。

「…すまん」

これでも一生懸命考えたつもりだったんだ。お前が大切だから、万が一にも嫌な思いをさせてるなら、何とかしようと思ったんだ。

「抱かれるのが嫌だからあの娘と同調したんじゃない…。単に俺がそういう体質だから…、お前達みたいにあの娘の世界に取り込まれたんじゃなくて、本人に憑かれただけだ」

それでもどうして、俺はいつもやることが間抜けなんだろう。

「嫌だなんて…、これっぽっちも…」

「すまん」

顎を取って向かせる顔。涙に濡れた顔にこちらからキスを送る。

繊細で、恥ずかしがり屋のお前が、『いや』と言えないのだと思ったんだ。

俺が勝手にお前を好きになり過ぎて、流してしまったのかも知れないと。

でもそれは間違いだったんだな。

お前は俺が思ってるよりも、もっとずっと強いヤツだったんだな。

言葉にできない代わりに態度で、もうずっと『いいよ』と言ってくれていたんだな。

「好き過ぎて、気を遣い過ぎた。悪かった」

この身体の中に疼く欲望を、お前はとっくに愛情だとわかってくれていたのに、自分だけが空回りしていた。

「好きだ」

あんなに傍若無人に好き勝手なことをしておいて、今更と思うかも知れないが。『もしかして』と思ってしまったらこんなに不安になるほどお前のことを大切だと思っていた。どうかそれだけはわかって欲しい。

「嫌ならまた、頭突きでも何でもして逃げてくれ。『そうする』って言ってくれれば、俺は安心して自分の思う通りにできる」

「当然だ…。嫌なら…、絶対にこんな酷いことさせるもんか」

震える声が愛しくて、もう一度口づけた。

寝間着を軽く引き、はだけた襟からするりと肩を抜く。

帯紐でかろうじて止まった布は顔と同じく紅潮した上半身を俺に与え、かえってそそらせるような格好で下を隠す。

「抱きたいほど好きだ」

無骨な自分の指を置くのが申し訳ないほど繊細で滑らかな肌に触れる。

「でも、抱けないほど好きでもあるんだ」

跨がった格好の初音を抱き上げ、今度は自分が彼に覆いかぶさるようにして身体の下へ敷く。

甘ったるい香の匂いはまだ残っていたから、ひょっとしたら初音がこんなに大胆なのはそれのせいもあったのかも知れない。

けれどそれだけではない気持ちで、彼の指が俺に伸びる。

微かに触れるか触れないかの感触で爆発しそうになるモノに、何とかお預けをくらわせて、細い喉頚へ唇を埋める。

小さく鳴いた声は、引きつるように何度か途切れた。

「好きにする。『止めろ』と言われるまで…」

囁いて舌先で転がす胸。

もう何度か味わった下の入口へ伸ばす指。

襞に触れるだけで彼は全身を痙攣させるように震えたけれど、堅く噛み締められた唇は、『止めろ』と言われなかった。

唇を噛むのは声を殺すためだったのだろう。指が内側へ探るように入り込むと背を反らせて色っぽいタメ息を零すくらいだから。

恋愛は難しい。特に俺のような朴念仁には。

相手の気持ちがわからずに、勝手に猿回しの猿のように回ってしまう。

けれど今、この手の中で小さく震えている身体が、拒絶をしているかいないかくらいはわかるさ。

涙をためた目尻が、嫌だから泣きそうなのか、その反対かくらいはわかるさ。

「初音…」

名前を呼んで何度も口づける。

指の先を飲み込んだ箇所が彼の呼吸に合わせるように締まる。

何で忘れたのだろう。お前は俺に『何をしてもいい』と言ったのに。

俺はその言葉を押し通した後で、『何を』の中にこの行為が入っていないかも、なんてバカなことを考えてた。

「好きだ」

囁くと、指は強く締め付けられた。

俺のモノに添えられていた手が力を失った。

「好きだ…」

もう一度繰り返すと身体が震え、目尻に溜まっていた涙がすうっとこめかみに流れて消えた。

貪るのではなく、味わうように、ゆっくりと繰り返す愛撫。

身体が火照って、身をよじるようにして呻くその様を見下ろし、しょうもない男の欲望を噛み締める。

どんなに大切と思っても、差し出されてしまえばそれを受け取ることに躊躇がないのは言い訳のしようがないな。

つんと立った胸の突起を口に含んで転がしてやりながら、閉じようとする脚を割って身体を進める。

しっかりと咥え込まれた指が全て収まる前にそうっと引き抜き、またゆっくりと差し入れる。

「あ…」

濡れた内壁を擦り上げると、初音が声を上げた。

「や…っ…」

いつも目を閉じたまま感覚を享受している顔がとろりと溶ける。気持ちよさそうに。

もうそろそろいい頃合いだと思ったが、俺はそのまま指だけで彼を嬲った。

前に触れ、その形を握り込むようにしてそこを包むと、手のひらには既に濡れたものを感じる。

「あ…」

意地が悪い、と自分でも思う。

だが今日だけは、未だ胸の奥に燻る臆病な気分がそうさせているのだと思って欲しい。

ゆっくりと注挿していた指の動きを激しくしながら身体を更に進め、自分のモノを柔らかな身体に擦り付けた。

俺だってもう限界に近いんだということを教えるように。

「や…壮…」

左手の親指の腹で濡れた先端を強く押し、軽く力を込める。

「ん…っ」

指を二本に増やし、内側で蠢かせると、目が俺を見て首が軽く振られた。

「や…」

ヒクつく肉が、彼が何を望んでいるのかを教えはするのだが、俺は敢えて求めた。

「今日だけでいい…。俺にどうして欲しいか言ってくれ」

酷い男だ。

自分のことしか考えていない。

だが明日からはこんなことはしないと約束するから、今一番臆病になっている俺に、たった一言だけでいいから安心をくれ。

このばかな男が突っ走っても、お前は俺を許すのだ、という安心できる言葉を。

初音は浮かされた視線を俺に送りながらまた首を横に振った。

差し入れたままの指を深く埋め、中で擦り合わせるように動かす。

「あ…っ！」

腰が動いて締め付けられるから、慌てて左手の中にある初音を強く握った。

「ひど…」

さっきまで俺に伸びて、俺を昂めようとしてくれていた手が俺を突っぱねる。もっとも力は入らないから、ただしがみついた腕を伸ばしているだけにしかならないのだが。

「酷くても、何でも。一度だけ、本当はお前がどう思ってるのか聞かせてくれ…」

指を締める入口がきゅうっと窄む。

膝を曲げ、身体を丸め、苦しそうに呼吸を荒げる。

「…う…」

涙目で恨みがましく睨みつけるその顔が更に赤く染まった時、細い声が小さく呟いた。

「……して…」

これで堪えられるほどの聖人君子じゃなかった。

捕らえていた彼の敏感な部分をあっさりと放し、指を抜き、ボタンを外されたままでまだ袖を通していたシャツを脱ぎ捨てる。

脅えたように腰を引く初音の身体を捕らえて引き寄せると、俺はそれこそ獣のようにその身体に襲いかかった。

「あ…っ」

脚を開き、さっきまで指を締め付けていた場所に押し当てる肉。

「いや…っ」

細い脚を肩へ抱え上げ、自分のモノに手を添えながら入りにくい場所へ身体を埋める。

「そ…う…」

空を掻く指を自分の腕に導きながら、爪が食い込むのも構わず身体を進める。

自分の敏感な部分を濡らす内壁が呑み込むように収縮し、彼の快楽の度合いを伝える。

まだ半分も入れていないうちに、初音は大きく首を振った。もうこれ以上は入らないとでもいうように。

「まだ、だ…」

涙を零す前を再び握り、収斂する肉を押し広げて何とか全部を収める。根元まで埋め込んだ俺のモノは彼のやわやわとした内壁を味わう。

「いやっ…、だめ…」

後悔してくれ。

俺に許可を与えたことを。

それくらい強く、激しく愛してやるから。

「壮…っ！」

手を離し、身体を起こさせ、肩甲骨の浮く背中をしっかりと抱き締める。

繋がったまま抱き合い、口付ける。

「…はつ…ね…」

自分の声も掠れるほどの快感が、彼が暴れる度電撃のように全身を駆け巡った。

「あぁ…」

喘ぐ唇の紅さに彼の中にいる自分が奮い立ってしまう。

腰を突き、二人一緒に感じる絶頂を求める。

「好きだ…」

お前に恥ずかしいセリフを言わせた代わりに俺も言ってやろう。

きっと後でもう一度言えと言われたら裸足で逃げてゆくようなセリフを。

「愛してるんだ、お前だけを…」

きっと俺もまた、この甘い匂いに酔ってるんだと言い訳をしながら。

「…世界で一番に」

それでも、これがただ一つの真実の気持ちだから…。


「『川名』というこれの最初の持ち主は没落志士でした。恐らく金のためにあのガジン香炉を悪用し、自分の娘にでも客を取らせていたのでしょう。昼には優しい父親も、夜になれば客を斡旋《あっせん》する卑しい獣の顔に変わる。客にしても、娘と二人になるまでは紳士の顔を持ち、身体に触れれば欲望の塊になる。そんなものばかりを見続けた娘の念が残っていたのだと思います」

「ウェストーク氏のお祖父さんの花嫁というのは？」

「彼女もまだ若く、男の欲望の昼と夜とのギャップに戸惑ったところを香炉に捕まったのではと思います。それで悩んで、身体を壊したんじゃないかと」

「直接取り殺された、と言うのじゃないのだね」

「恐らく。それほど強いものじゃないと思います」

「では、この香炉は…？」

「もう大丈夫です。憑いていた念は消えたようですから」

「そうか。では私からウェストーク氏に返すことにしよう」

翌日、事の成り行きを心配して訪れた柴舟さんの前で、俺はいたたまれない気持ちで一杯だった。

明るい陽光の差し込む座敷に俺と初音、柴舟さんと大倉さんがテーブルを横へ避け、香炉を挟んで二人ずつ向かい合うように座っている。

この座り方がまた自分がお白州に引き出された罪人の気分にさせるのだ。

「に、しても今回は帯刀くんが頑張ってくれたんだろう？　凄いじゃないか、一体どうやったんだい？」

その善人の微笑みを俺に向けないで下さい。

そして俺の目の前で、怒りのオーラを燃え上がらせている初音の様子に気づきませんように。

「さあ、知りません」

言い放つ言葉の中のトゲにも。

「そう。まあ、何にせよお前に何事もなくてよかったよ」

柴舟さんは毬香炉を箱にしまうと、脇に控えていた大倉さんにその箱を渡した。受け取りながら彼が俺に向かって頭を下げる。

ああ、この大倉さんの礼儀正しい真面目な視線も痛い。

「私はこれで帰るけれど、帯刀くんはどうするの？　送って行ってあげようか？」

「や…、あの…」

俺はその誘いにどう答えてよいものやら、ばりばりと頭を掻いた。

「…この男は貧乏著しくなったんで、ウチに居候することにしたそうです」

代わりに、トゲを含んだ声ではあるけれど、初音が答えた。別に貧乏ではないのだけれど、彼が言う言葉に今は何も文句は挟めない。

「まあ番犬代わりにはなるでしょうし」

「失礼だよ、初音」

何か言われるかと思ったのに、柴舟さんはいつもと変わらぬ様子で微笑んだだけだった。

この家は本来彼の持ち物なのだから、もっと色々聞かれるかと思ったのに。

「でも確かに帯刀くんがいてくれるなら安心だねぇ」

なんていい人なんだ。

何も知らず、俺のことをまだ弟の親友だと思ってて下さるんですね。

昨夜俺が弟さんに何をしたかも、そのムチャな所業に怒りまくった初音に俺が朝から三発も殴られたことも知らないで。

本当にすいません。

不埒な俺をどうか許してやって下さい。

「は、お世話になります」

だが、心の中で色々な事を謝罪しながら頭を下げる俺に柴舟さんは笑顔で意味深なセリフを投げかけた。

「ああ、こちらこそよろしく。でもこの子を大切に思ってくれるなら初音の身体には気を付けてあげてね。君の体力に付き合わせるには細い子だから」

極めて穏やかで善人の笑顔を浮かべながら。

「壊れても困るしね」

今の俺には頭が上げられなくなるようなドキリと胸に刺さる、そんな一言を…。

終

あとがき

皆様、初めまして。もしくはお久しぶりでございます、火崎勇です。

この度は『誰が袖』を手に取って頂き、誠にありがとうございます。

このお話は、ご存じの方もいらっしゃるでしょうが、実は結構前に雑誌で発表された作品です。

それを今回、加筆修正して一冊の形にして出して頂くことになりました。しかも掲載時のイラストの方のままで。担当のO様、イラストの中村様、本当にありがとうございます。

今でも思い出されるのは、原稿執筆当時、絶対に柴舟と大倉はデキている、と決めてたことです。

作中それっぽいシーンは書けなかったんですが、跡取り息子として教育されていた柴舟にピッタリと寄り添う秘書の大倉。

主従もので、子供の頃から立場の違いにギクシャクしながらも恋愛関係。しかも柴舟が押し気味で、と考えていたものでした。

あくまで脇役なので触れられないことだったんですが、読者の皆様にはそこのところをこっそり想像して読んでいただければ、と思います。

そう、だから柴舟は弟と帯刀の関係には当然気が付いてます。

初音が帯刀をそういうふうに好きだったことも知ってましたし、二人がデキちゃってからは良き兄として『よかった、よかった』と思っていることでしょう。

初音と帯刀には、兄にバレてることも知らず、時々図星を刺されるようなセリフを聞く度、ドキドキしてしまう。それをお兄ちゃんは楽しんでる。

柴舟は基本的には、ちょっとイジワルなんですね、きっと（笑）。

主人公の二人に関しては、何も言うことはありません。

初音は恥ずかしがり屋だけれど、気が強くて実は大胆。

帯刀を逃がさないためには、自分が逃げてはダメだと思うから、口では何だかんだ言っても帯刀の求めには何時も応えてしまう。

そして帯刀は、バカではないけれど猪突猛進なので、初音には一直線。

だから二人はずっとラブラブなカップルなんです。

いつか、どちらかにライバルが出て来るようなことになっても、お互い悩むというよりそのライバルと戦ってでも自分の恋人を離さないと考えるタイプなので、絶対安泰です。

さて、そろそろ紙面も尽きてまいりました。

またいつかどこかでお会いできる日を楽しみに、それではまた…。

●アクア文庫好評既刊●

アクア文庫は毎月18日発売です　　オークラ出版・刊

もう一度キスして

火崎勇　　イラスト/ えのもと椿

定価:540円

出版社に勤める楠本和英は、取材先の温泉で偶然にも大学時代の恋人・安芸清史に出会う。だが6年前の安芸との別れをいまだに引きずっている楠本は、うまく接することができない。そんな時、安芸が突然倒れてしまう。それを知った楠本が“安芸を失うかもしれない”と思った瞬間にとった行動とはいったい!?

ラブストーリーの名手・火崎勇がおくる、せつなくも美しい珠玉のアダルトラブ。

天使も鳴く場所

火崎勇　　イラスト/ しおべり由生

定価:560円

“やりたいようにやる”“好きなもんは好き”という感じで生きてきた直情型の男・杉本圭吾が好きになったのは、会社の先輩・永瀬晶だった。だが永瀬は、上司に強姦されたというつらい過去から、「好き」と言われること、肌を触れ合わせることを極端に怖がっていて…。繊細で壊れやすい永瀬の心と体を癒すために、杉本がとった行動とは?
火崎勇がおくる大人の年下攻センシティブラブ。

アダルトな男たちのMen's Loveノベルズ満載!!
特集 下剋上
水月真兎×ill桜遼
新田一実×ill藤河るり
秋山みち花×ill有馬かつみ
伊郷ルウ×ill華門
剛しいら×ill稲荷家房之介
COMIC
南天佑
吉野ルカ
ノベルズ付ポスター
本庄咲貴×ill宗真仁子
ポストカード
中村春菊
テレカ全サ
あじみね朔生
中村春菊
小特集 ゴシックホラー
ill/朱黎皐夕
スペシャルノベル 遠谷稔子×illひたき
よろしくね!
コミックアクアの姉妹誌
小説アクア
Cover Illustration あじみね朔生
定価:750円(税込)
2004年秋の号 好評発売中

各先生方へのファンレター、
及びこの本への感想、ご意見などをお待ちしております。
オークラ出版アクア編集部気付でお送りください。
編集部へのご意見ご希望などもお待ちしております。

●先生へのファンレターの宛先●
〒153-0051　東京都目黒区上目黒1-18-6　NMビル3F
オークラ出版　アクア編集部気付　　　火崎　勇　先生

オークラ出版のホームページ■http://www.oakla.com/
アクアのメールマガジン■mailmag@oakla.com
まずは、メルマガ希望という件名でメールを送ってください。
(携帯からもOK)

アクアノベルズ

誰《た》が袖《そで》

2004年 9月23日　　初版発行

著　者　火崎《ひざき》　勇《ゆう》

発行人　長嶋正博
発　行　株式会社オークラ出版
〒153-0051
東京都目黒区上目黒1-18-6
（営業）TEL 03-3792-2411　FAX 03-3793-7048
郵便振替　00170-7-581612（加入者名　オークランド）
http://www.oakla.com/

印　刷　図書印刷株式会社

DTP　株式会社　ニッタプリントサービス
装丁デザイン　株式会社　きゃらめる